日本幻論 漂泊者のこころ

蓮如・熊楠・隠岐共和国

五木寛之

筑摩書房

目次

日本幻論　漂泊者のこころ——蓮如・熊楠・隠岐共和国

隠岐《おき》共和国の幻

首無し地蔵と隠岐騒動

　昨日、山陰のほうから帰ってきました。出雲《いずも》地方をぐるりと回ったあと、船に乗りまして、隠岐《おき》へ渡ってきたんです。ところが二泊三日ぐらいの予定でいったんですけれども、海が非常に荒れまして船が動かなくなってしまった。漁船も全然出航しないというありさまですからフェリーも動きません。そのまま島に雪隠詰《せっちんづ》めになって、北風と雪の降りしきる隠岐の民宿で、なんですか、島に流された昔の文化人のような心境で逼塞《ひっそく》しておりました。ようやく、昨日、船を乗り継いで、命からがら（笑）本土へ帰ってまいったのです。

　みなさん、隠岐といいますと、佐渡とか、壱岐《いき》、対馬《つしま》とかと同じように、冬でもわりあい簡単に交通できる所のようなイメージがあるんじゃないかと思うんですね。私もそう思っておりました。ところが、隠岐の西ノ島から二時間かけて、島後《どうご》という大きな島へ渡りまして、その島後の西郷《さいごう》という港から島根県の境港の近くの七類《しちるい》という港まで、なんと五時間ちかくかかりました。帰りも約七時間あまり船に乗り詰めでやっと本土にたどりついたありさまなんです。最初、きめられた船室へいきましたら、枕元《まくらもと》に洗面器が並べてあるんで、もうガックリしました。ここに吐きなさい、ということなんでしょう。それくらい揺れます。昔から流人《るにん》の島として貴人、文人、さまざまな人々が、政治的な理由とかいろんなことで隠岐に流されたのは非常によくわかります。あそこにいってしまうと、本当に鳥もかよわぬ感じですね。今でさえもそうですから、昔だと島から脱出して帰ってくるのは、本当に難事業だったにちがいない。たいへんな所でした。

隠岐島《おきのしま》、と簡単に言いますけれども、じつは隠岐島という島はないんですね。隠岐は、およそ百八十くらいの小さな島と、いくつかの大きな島から成る群島なんです。隠岐群島とか、隠岐諸島とかいいます。隠岐群島は、非常にはっきりとふたつに分かれている。西ノ島、中ノ島、知夫里島《ちぶりしま》という三つのまとまった島から成っている、本土に近いドウゼン（島前）。もうひとつ、大きな島があります。その島のことをドウゴ（島後）といいます。歴史学者の喜田貞吉博士は、島前、島後を島の前、島の後と一般に書いているけれども、あれは間違いである、という。道程の前、つまり本土から行って道の手前にあるから道前《どうぜん》で、それより二十キロほど北のほうにある大きな島が道後《どうご》であるというふうにおっしゃっていますけれど、これにはまた、いろいろ異説があります。

申し忘れましたけれども、こんど私がいったい何のために隠岐へいったかといいますと、NHKで建国記念日の記念番組をテレビで作るためですね。建国記念日の記念番組に、私がひっぱり出されるのは、非常に不思議なんですけれども（笑）、いずれにしても出雲は建国の神話のある所ですから、そこへいけということだったんだと思います。しかし、私は出雲のほうは、わりあい簡単に通り過ごしてしまいまして、とにかく出雲からするとはるかな辺地であるところの隠岐へいきたいと無理にせがんで訪れたのです。

ともあれ、そういう目的で隠岐へまいりまして、島前と島後の島々を訪ねたんですけれども、隠岐にはそういうふたつのブロックがあって、人情とか気質とか生活状況とか、双方で非常に違うことにびっくりいたしました。ああ、われわれは隠岐なんてひとことで言っているけれども、ここにもこういう南北問題があるんだなという感じがいたしました。たとえば島前と島後とでは、人々の気質がうんと違うと言うんですね。まず、島前のほうは、島後にくらべると畑がありません。田んぼもすくない。一般的な産業としては漁業と、もうひとつは海運業、あるいは交易です。ですから、こちらのほうは国際的なビジネスにも慣れているし、社交的で人間がなごやかで、明るくて面白いところなんです。いっぽう北のほうの島後は、大きな島なので農業がやれまして、半農半漁ですけれども、気候がうんと厳しいんです。ずいぶん寒くて、雪も深い。そして、交易とか海運とか、多岐にわたる産業で潤《うるお》うことが島前より少ないものですから、生活がわりとシビアなんですね。そのために島後のほうの住民たちというのは、隠岐の出身者に言わせますと、一徹で、融通がきかなくて、理想家肌《はだ》で、向学心が強い。ものごとに対してまっすぐに突き進んでゆくところがある。貧しい生活の中でも勉学を好むという気質だそうです。ですから島後の島には非常にすぐれた漢籍、多くの古文書《こもんじょ》の保存などもされております。まあ、楽天的対一徹と、そんな感じなんですね。ラテン系とゲルマン民族という対比でしょうか。ちょっとそんなふうな感じがするぐらい、気質が違うわけなんです。

こんな笑い話があります。昔、島後と島前の島で争いがおこって、その争いの決着をつける裁判、公事《くじ》といいますが、その両者の争いが起きた時に、ふたつの大きなドンブリにご飯を盛って、ヨーイドンでスタートして、どっちが早くそのご飯を食べてしまうかで是非《ぜひ》を決めようということになった（笑）。そんなふうに、武力に訴えることをわりとしない土地が隠岐なんです。非常にやさしい島といえるかもしれない。そのやさしさの中にも、積極的で行動的な北のほうと、のんびりと生活を楽しむといいますか、ゆったりとして、あったかい南のほうとのあいだに問題があって裁判になった。さて、ヨーイドンでスタートした時に、お箸《はし》が両方ともついてなかった。島前の人が、「お箸はどこだ」と言ってキョロキョロあたりをさがしまわっているあいだに、行動的な島後の島の人は手づかみでご飯をたいらげて（笑）、アッという間に勝ってしまったという面白い話がある。

今回そんな隠岐を訪ねて非常に興味ぶかい出来事にぶつかりました。それは島前、島後ともそうなんですけれども、お寺の一隅《いちぐう》に首無し地蔵のすさまじい姿を見ました。石仏とか、あるいはお地蔵さんとかが、本当にインドや中国の遺跡で見るように、完全に破壊されて累々《るいるい》と積み重なっている場所があるんです。思わず息をのみました。これは一八六八年の神仏分離令をきっかけに、廃仏毀釈《はいぶつきしやく》といいまして、仏教や寺院を廃して、古来の神道《しんとう》にかえれという集団ヒステリーのような大きな嵐《あらし》が日本全国に吹き荒れたわけですね。中でも隠岐はとくにそれが激烈で徹底的であった所なんだそうです。そのために寺という寺が破壊されて放火され、そして仏像たちが皆そんな無残なかたちで、今も積み上げられてのこっている。あとのいろんなものは、ほとんど燃やされたり海に流されたり、形も残っていない状況らしいんです。

日本人というのはもともと非常に素朴《そぼく》な性格ですから、神仏習合《しんぶつしゅうごう》といって、神様も仏様もみんなごっちゃにしてしまって、そのへんはなんら不思議と思わない。悪く言えばあいまいさ、よく言えばおおらかさの中で、お葬式は仏教、若い人の結婚式はキリスト教、あるいは家を建てたりする時には神式でというふうに、使い分けながら融《ゆう》通無碍《ずうむげ》にやっているのが私たち日本人ですね。ですから一般には、仏像ひとつこわすにも、どこか適当なところがある。しかし、隠岐はちがいます。破壊のしかたに激しさがある。

その破壊された石仏を見ておりまして、どうしてこんな島で、これほど徹底した、宗教戦争と言ってはおかしいんですけれども、そういうことが行われたんだろう。それも官の指令でやったというだけではなく、民衆自体が、島人《しまびと》全体が寺を襲って、また、一軒、一軒の家の仏壇から本尊を引き出してそれを燃やす。どうして日本人にそこまでやれたんだろう。まるで外国の宗教戦争のような、過激な跡が隠岐に残っている。それがまず、非常に不思議だった。何か、本土の人たちと気質でも違うのだろうかと一瞬、思ったのですけれども、やっぱりそうではなくて、そこには非常に深い大きな政治の影が落ちていたんだということが、隠岐に滞在しているあいだに少しずつわかり始めました。

それは、〈隠岐《おき》騒動《そうどう》〉と俗に言われている事件と、廃仏毀釈の激しさとが、実は表裏一体をなすものだったということなんです。これは私にとっては、非常な驚きでありましたし、ある種の感慨を禁じえないような出会いでした。〈隠岐騒動〉なんていいますと、化《ば》け猫《ねこ》の鍋島《なべしま》騒動のような感じで、講談のなかにでてくる事件のような印象がありますが、そうではありません。

事件の経過だけを簡単に申し上げますと、一八六八年、明治に改元される年の三月十九日に、四十八カ村の島民たち、これは島後に限ってのことなんですが、農民とか漁民とか三千数百人の島民たちが、竹槍《たけやり》、手鉤《てかぎ》、まさかり、なた、鍬《くわ》などを手に手に持って武装し、一斉《いっせい》に集合した。そして、有志たちの指揮のもとに松江藩から派遣されている島の行政官であるところの代官と非常に堂々たる交渉をして、そして実力で代官を島から追っ払って、本土のほうへ追放してしまったという事件なんです。

誇り高き流人の島

隠岐の人は自分たちのことを隠岐の〈島民〉とはいわずに〈国人《くにびと》〉というわけですが、そういう隠岐の国の精神的土壌を、隠岐騒動をひっくるめて明治維新の開化期に支えた一人は、中沼了三《なかぬまりようぞう》という高名な人物だといわれます。高名だというのは、その地域においてであって、必ずしも日本の現代史は中沼了三を正当に評価しているわけではありません。

彼は勤皇の儒学者であり、また明治天皇の侍講《じこう》を務めたこともある地元出身のすぐれた学者でした。幕藩体制がひっくり返って明治新政府ができるまでの間に、彼は非常に大きな働きをいろいろするわけです。ところがその後で戊辰戦争《ぼしんせんそう》がおこり、明治新政府が、実は薩長《さつちよう》等連合の私する政権というふうな怪しげな気配を帯びてくる。そして、中沼了三の最初の志と違って、自分の夢見た日本の国づくりから、明治の新政府が大きくそれていきはじめた。何度かそういうことで政府と衝突して、位階を剝奪《はくだつ》されたり、時には獄に下ることもあるんですが、やがて西郷隆盛《さいごうたかもり》などと同じように野《や》に下り、歴史の表舞台から退いてしまって、その後中沼了三の名前は明治の元勲たちのようには世間に知られていないんですね。隠岐に中沼了三先生顕彰会というのが発足して、伝記あるいは史実などもいろんな形で刊行され始めて、最近ようやく隠岐以外にも中沼了三の存在について知られるようになってきているところです。

彼は一八一六年、文化十三年に島後の西郷という町で生まれました。旧家の出で、三男坊です。お兄さんは龍之介といって非常にはやく京都へ出て儒学の勉強をしています。隠岐の人たちは、経済的な余裕があれば、事情の許すかぎり、若くして京都へ出て勉学をするという気風があったところで、学問に対する情熱は、他の地域に抜きんでて強かったようです。

なぜ隠岐の、冬の間は一日に一便しか船が通わないような辺地で、それほどまでに苦しい生活の中で、人々が勉強、あるいは向上心に燃えて頑張《がんば》ったかということを考えてみますと、やはり何がしかの理由はあるようです。隠岐がどういう島であったかといいますと、ここはかつて流人の島だった。そして、隠岐島の人々はみな、「流人の島と言うけれども、いわゆる犯罪者を送りこまれたのではない」と、誇りをもって語ります。つまり、古くから政治犯だけを隠岐は受け入れてきました。それこそ九世紀ぐらいのころから、小野篁《おののたかむら》であるとか、あるいは後鳥羽《ごとば》院であるとか、後醍醐《ごだいご》天皇であるとか、その他さまざまの貴人、当時一流の文化人が時に利あらずして追放された時に、それをお預かりする役割をこの島ははたしてきたんだと、そういうことをしきりに力説するんですね。

まあ、たしかにその通りなんです。「我こそは新島守よ隠岐の海のあらき波風心して吹け」なんていう後鳥羽院の有名な歌もありますけれども、とにかく隠岐へ流されたのは超一流の人たちばかりです。しかるべき立派な用意をして、お供もたくさん連れて来る。そして、そこに行宮《あんぐう》を定めて、不遇の日をすごす。そういう方たちを、われわれ隠岐はしっかりとお守りして、そしてそれに仕えてきたんだという誇りが、ずっと昔からあるようです。そして、隠岐に滞在した都のトップクラスの知識人、文化人がさまざまな形でたいへん深い感化、影響を島の人々の心に残した。

もうひとつ、隠岐は本当に辺境なんですね。いわば日本のもっともマージナルな地帯なんです。その辺境にいる人間のアイデンティティーというものは、やはり自分たちが中央から、とくに朝廷、天皇家を中心とするさまざまなエスタブリッシュメントたちを受け入れ、その人たちをお守りしてきた、後醍醐天皇のように、隠岐からまた戻って歴史上大活躍する人もいる、と。そのことに誇りを抱いている。つまり一番はじにいる人が中心に対しての帰属意識といいますか、自分たちが日本のはずれのはずれの僻地《へきち》の孤島の島民であるというふうには、どうしても考えたくないんでしょうね。自分たちは日本の中心と非常に深く直結しているんだ、そういう気持ちが意識の深いところにある地域のようです。

そしてもうひとつ、幕藩時代に隠岐は天領だったわけですね。しかし、これは一応天領ということになっているが、じつはお預かりということで、直接には松江藩が隠岐を支配し管理していたわけです。しかし、本当は自分たちは、後鳥羽院、後醍醐天皇以来の朝廷の民であるという気持ちが心の底にありますので、出雲地方と違って松江藩に対しても表面はちゃんとやっていても、つねづね心の底では非常に強い抵抗意識と、そして疎外感を持っていたんじゃないだろうか。勝手にそう想像しました。

さて、そういう隠岐の人たちが、京都にいって何を勉強するかといいますと、これが面白いんですけれども、実学というか、経済学とか、技術や科学や医学をやるのではなくて、だいたい伝統的に漢学、それも朱子学系統の儒学をやるんです。そして、非常に優れた学徒として育って帰ってくる人や、よそで大活躍する人がいる。隠岐の青少年は、笈《きゅう》を負うて京都へ出ていったそういう先輩たちを憧《あこが》れの目で見て、自分たちもいずれこの隠岐から京都へ出て勉強したいもんだと考えている。非常に向学心の強いところがある。よく日本では信州を教育県だと言いますけれども、そういう意味では隠岐の島後も、まれに見るほど向学心が強い、学問の伝統のある土地のようですね。

そんな気風の中で中沼了三も、二十歳のときに京都へのぼります。そして、山崎闇斎《やまざきあんさい》という、江戸前期に活躍した、ちょっと独特の傾向のある儒学者のお弟子さんの、さらに後のお弟子さんで、鈴木遺音《すずきいおん》という先生に学びます。当時の学問の世界には片方に本居宣長《もとおりのりなが》の国学というのがあります。一方に漢学系統の儒学、その中で朱子学があります。山崎闇斎は、どう言ったらいいんでしょうか、日本的な儒学者といいますか、国粋的な儒学者といいますか、王政復古を目前にひかえた、そういう変動期の時代の息吹《いぶ》きを敏感に受け止めて、それを自分の儒学の中で日本化していった人といったらいいのか。儒学者ですから、本当は孔子、孟子《もうし》ですね。本居宣長のほうから言えば、唐国振《からくにぶ》りの学者なんですけれども、それがそうじゃないところが独特なんです。

たとえば、「もしも、孔子、孟子が軍を連ねて日本に攻めてきたら君たちはどうするか」と弟子に聞く。弟子はたいへん困ります。儒学の根本の偉人たちが軍を連ねて日本へ攻めてきたらどうするか。山崎闇斎の考えはこうです。「孔孟の教えを学ぶというのは、孔子、孟子に跪拝《きはい》することではない。孔子、孟子がもし軍を連ねて日本に攻めてきたならば、敢然と武器を取って孔子、孟子と戦え。孔子、孟子を捕虜にして日本の国を守ることこそ本当の孔孟の教えの基本である。孔孟の教えの形でなく精神を学べ。日本の国を愛することが学のいちばんの基本なんだ」と。そして言行一致であれと、実践の学問を説く。そういうユニークな儒学者が山崎闇斎です。まあ、前身は僧だったこともあり、のちに吉田神道にも傾倒する人ですから儒《じゅ》・神《しん》・仏《ぶつ》の入りまじった学者といえるでしょう。

その闇斎の学派の流れをくむ鈴木先生について、中沼了三青年は一生懸命勉強するわけです。非常によく学んだ人だそうですね。すぐに頭角をあらわして、鈴木門下の俊英と謳《うた》われるようになった。

彼は、鈴木遺音が病気になって歩けなくなると、自分で車に乗せてあちらこちら連れて回るとか、食事の世話をするとかと、古風に自分の師に仕えまして、やがて師が亡《な》くなったのちに、京都で小さな私塾を開くんです。彼は人格的にも非常に魅力があり、鈴木門下であったころからその俊英ぶりを謳われていた人物でしたから、さまざまな若者がその門下に集まった。そして中沼了三自身も、教えるだけではなく、尊皇倒幕の気運で騒然としている当時の京都にあって、公家《くげ》や勤皇の士や浪人や、あるいは町の時局に関心のある庶民たちと、わけへだてなく非常に広く交遊し語りあい、さまざまな実践、彼自身、かならずしも運動家ではなかったけれども、あくまで儒学者という立場を守りながら、思想的イデオローグとして活躍したわけです。

彼の門下にはいろんな人がいます。西郷従道《つぐみち》、桐野《きりの》利秋《としあき》、土佐の中岡慎太郎、あるいは肥後の田原重助、こういう錚々《そうそう》たる連中の中に中西毅男《はたお》という人物がいました。彼は隠岐の出身です。中沼了三と同じように郷土の先輩を慕って京都へ出てきて、中沼了三の薫陶を受ける。彼は大変な情熱家でして、中沼に非常に強い影響を受けるわけです。

血が騒ぐ人々

そのころの大和、今の奈良県に十津川《とつかわ》というところがあります。ここは今でもお寺がなくて神社だけとかいう話を聞く土地なんだけれども、かねてから十津川村の千本槍といって勤皇の郷士の多いところとして有名です。そもそもの成り立ちは、後醍醐帝のころに十津川村の村民たちが、自分たちも武器をとって後醍醐帝の義挙に参加した。そのために大変お褒《ほ》めにあずかって、地租を免じられ、そのうえ士分に取り立てられた。そういう伝統のあるところだから、かねがね、尊皇の志の気風の日本でももっとも強いといっていいぐらいの土地柄《がら》でした。

ですから幕末になって、王政復古、尊皇攘夷《そんのうじょうい》という気分が盛り上がってくると、十津川の人々はじっとしていられなくなる。くり返し京都の朝廷のほうへ、新たな十津川親衛軍の再組織を申し出るわけです。こういう時にわれわれは手をこまねいてはいられない、と。後醍醐帝以来の伝統を持つ十津川郷士は、自らすすんで朝廷の錦旗《きんき》のもとに参加してお役に立ちたい、と。血が騒ぐ人々なんですね。しかし、そういう形で一般民衆が武器を持ってひとつの力を持つことを、為政者は警戒するのが常だ。それで容易に許可にならない。そこで彼らは京都の、かねてから郷士出身の英才として名声の高かった、しかもそのころは彰仁《あきひと》親王の侍講を務めていて、朝廷に非常に近いところにいた中沼了三を訪ねて、彼に自分たちの志を訴えるわけです。で、中沼了三はいろんな形で政治工作をしまして、朝廷からの御沙汰《ごさた》をうけ十津川に文武館という施設——朝廷の護《まも》りを固め、村民の意識を高め、一朝、事あった時にはお役に立とうという人々を文武両面から錬成する養成所ができるのです。当然、十津川の人たちは中沼了三を尊敬して、文武館の初代の教授に迎えます。そして、彼は家族と一緒に十津川に移り、文武館の育成に力を尽くすわけですけれども、京都のほうが風雲急を告げてくるので、しばらく十津川にいた後、自分の息子たちに後を託してまた京都へもどりました。

ところが中沼了三が力を尽くしたことによって大和に文武館ができたというニュースは、当時の全国のいろんな地方の青年たちに伝わって、三井三池争議のころの筑豊《ちくほう》の谷川雁《たにがわがん》さんの大正炭鉱行動隊みたいな、ひとつの憧《あこが》れと先駆けとしてみんなの関心の的になる。そこでじっとしていられなくなるのが隠岐出身の中西毅男たちです。彼はさっそく隠岐島へもどり、自分たちのやるべきことをやろう、十津川が陸の親衛隊であるならわれわれは海の親衛隊、海の十津川郷士を隠岐につくろうということで、隠岐の文武館の設立を図ります。当時の隠岐島のリーダーたちは、庄屋《しょうや》とか知識人とか、あるいは神官とか——だいたいインテリですね。当時のロシアのインテリゲンチアと同じです。そういう人たちを糾合して、彼らは隠岐文武館の設立を何度となく松江藩に要求する。ところが受け入れられない。とんでもない、百姓どもが武装して文武の訓練に励むとはなにごとだということで、しまいにはむこうの家老みたいな男に島の代表が扇子で打ちのめされて、百姓は肥《こえ》たごを担《かつ》いで年貢米《ねんぐまい》の心配さえしていればいいんだと頭ごなしに叱《しか》りつけられ、土民扱いされて憤激やるかたなく島に帰ってくるのですね。

そこで当然、島には松江藩に対する対抗意識が燃え上がってくる。それが慶応三年ころです。明治新政府の成立の一歩手前です。そのころ、鳥羽伏見の戦いを前にして、西園寺《さいおんじ》公望《きんもち》公が当時の明治新政府の山陰道鎮撫使《ちんぶし》として山陰に派遣されてくる。これはちょっと事情がありました。勤皇軍のほうは鳥羽伏見の戦いで勝てるかどうか成算がない。敵方のほうがうんと多いし、武力もすぐれている。負けたらどうするか。その時は玉《ぎょく》を——玉というのは天皇のことだけれども、その玉を山陰道に移しておいて、守りを固めながら再起を図ろうという計画があった。あらかじめ山陰道のほうを自分たちの尊皇倒幕の味方につけておく必要があるということで、西園寺公望が鎮撫使として山陰道に派遣された。彼らはいろんな地方を回りながら、今ここで尊皇倒幕の新政府の側に加担したならばお前らの地租を半分にするとかと、おいしいことをいって歩くわけですね。

やがて、かねてことのほか勤皇の志の強いといわれている隠岐島の世話役たちのところへ、この鎮撫使からの手紙が松江藩経由で届きます。今まさに新しい時代が来ようとしている。隠岐の島人も尊皇倒幕の軍に参加せよ、すすんで尊皇の先駆けとなってくれれば、地租は大幅に免除する、もしもこれに反対すれば、将来、大変な処分を受けるであろうというふうな文書なんです。隠岐の志士たちは興奮しました。「そうだ、こうなれば、きょうから隠岐は幕府の島ではない。ましてや松江藩の島でもない。隠岐はかつての後醍醐天皇の時代と同じように、朝廷の天領である。本当の意味での天領である」と。そのとき辺境の島人たちの心の中には、今ふたたびまっすぐに中央とつながったというアイデンティティーの充実感がみなぎっていたにちがいないと想像されます。

ところがですね、その大事な手紙を預かってきた松江藩の役人が、それを直接地元住民の代表たちに渡そうとせずに、自分たちで先に開封してしまった。鎮撫使がどういうことを自分たちの頭越しにいってきたのか見てみる必要があるということで開けたんでしょう。島人たちは朝廷側から天領の住民たる自分たちに向けて文書が来ている、それを松江藩の役人が、われわれに渡す前に勝手に目を通すとはなにごとだといって一同大憤激するわけです。

郡代《ぐんだい》、つまり役人のこういうやり方に対してどう出るか。王政復古になったんだから、もう松江藩の支配を受けることはない、郡代を追放すべきだという血の熱い連中が、京から帰った中西毅男を中心として集まってきました。この一派に正義党という名前がつけられました。

これに対して、いや、そんなことをいっても長い間松江藩の下で一緒に暮らしてきたんだから、今ここで新政府のほうに参加するだの何だのって過激な行動は差し控えたほうがいいという、どちらかというと中産階級的な、これまで松江藩の支配体制と密着していたグループは穏健な出方を主張する。そっちの人々を出雲党というんです。正義党と出雲党。こうして隠岐は真っ二つに割れた。出雲党と正義党の勢力ですが、数からいうと正義党のほうが多かったようですね。

といいますのは、当時の島後《どうご》の社会構造は、半農半漁とはいうものの大した農業はできない。やっぱり漁業に頼っている部分がある。そうしますと、当時の長崎を通じて中国へ輸出していたあわびの干物など海産物の買い入れと加工と輸出とを、経済がすすんでくる中で、島の何人かのボスが独占してしまうわけですね。おのずから小さなところが淘汰《とうた》されて、自然発生的な商売がなくなって、そしてルートができる。ある特別な商人が独占するわけです。それから米問屋。さっき申しあげた通り、島では米はたくさんとれない。ですから、米はきわめて大事なものなんです。それを一部の米商人が流通のルートを独占する。そして、当時全国的に広がった飢饉《ききん》を利用して、米商人たちは米価の釣《つ》り上げをやったらしい。島の人たちは非常に苦しみました。そのうえ当時の幕藩体制のもとで、寺院が富裕を極めて、一種の戸籍のような形で檀家《だんか》帳をつくり、島民たちを支配している部分もあるわけです。かつての中世のカトリックのように。寺の一部の僧侶《そうりょ》たちは、夜ごと豪遊し、お妾《めかけ》さんをおき、お金をためることだけに営々としていたという。かさねて、本来ならばそれを取り締まって島民の福利をはかるべき松江藩の代官たちが、逆に商人や僧侶など特権階級と密着して、ますます私腹を肥やしていて、島人たちをかえりみようとしない。そんなわけで非常に強い大衆的フラストレーションというものが隠岐に鬱勃《うつぼつ》としてあったんじゃないでしょうか。

そして帰ってきたインテリゲンチアがいる。インテリゲンチアの発想は、生活の問題じゃないんですね。これはロシアの革命の時もそうだったのですけれども、自分たちの正義、社会正義を回復しよう、新しい時代に乗りおくれるな、隠岐をもって天下の十津川に負けないような北海のエースとして、辺境から日本の中央に直結しようという、こちらにはそういう鬱勃たる野心があって、それが島人たちの憤懣《ふんまん》と結びつく。そこで世直しという言葉が出てくるわけです。だから、一方的に尊皇攘夷のイデオロギーで立ち上がったわけではないと思うんですね。島人の大衆的なそういう不満反抗のエネルギーが、いまや沸騰点《ふっとうてん》に達しかけていた時点に、インテリゲンチアの野心がかさなり、そこへ代官たちの島民無視の行為があって、明治新政府からの大変甘い誘い水もあったわけです。それで正義党と出雲党になった。

多数派の正義党が出雲党を叩《たた》き伏せてしまったかというと、そうではないんです。ここが非常に面白いところですが、まず、島の世論というものをつくらなきゃいかんということで、みなが徹底的に討論をするんですね。有志も島民も集まって、三日三晩、本当に粘り強くびっくりするぐらい丹念な討議を夜を徹して重ねるんです。こういうことは珍しいですね。明治時代のいちばん特徴的なものは、テロと裏切りと謀略です。すぐにテロに訴えるような、そういう本土の明治の歴史の中で、隠岐はそうではなくて、島人たちが代官を追放しようという問題すら徹底的に討議をかさねて、そしていちばん最後にやはり過激派である正義党の意見が通って、代官を追放することに決定するわけですね。この過程がすごく面白いんです。単にストレートに暴力に訴えるのではなくて、徹底的に島人たちが話し合う。話し合ったあげくに決めたことに関しては、みんなが頑張《がんば》る。いわば、日本の中での非日本的な行動様式といえるかもしれない。

そして、リーダーはその晩のうちに島人に下知《げち》を飛ばします。全員武装して集まれ、と。そのとき隠岐の島後には、赤ちゃんもおじいさんも全部含めて、男が八千数百人いたといいます。その中から三千数百人といいますと、成人男子のほとんどだったんじゃないかと思いますが、三千数百人の男たちがすべて、武器を携えて——中には火《ひ》縄銃《なわじゅう》もあった、まさかりをもった連中もいた、斧《おの》もあった。それがない人たちは竹槍《たけやり》をつくる——そして、夜を徹して島々から駆け集まってきて、一カ所に勢ぞろいします。古老の昔話では、「竹槍の列が、まるで栗《くり》のイガイガがずーっと動いてくるようだった」というんですけれども、まさに目に見えるようですね。

隠岐コミューンの成立

さあ、それだけの実力を備えた武装集団が、役人たち、十数人だか何人だかわかりませんけれども、代官所を包囲してこれを攻撃するかというとそうじゃないんです。代官所の本陣の前に、代官を呼び出して、島人の代表がそこでじっくり腰を据《す》えて交渉を始めるんです。この、交渉を始めるというのが、日本には非常に珍しいと思います。このあいだバンコックにいった時に、タイではクーデターをやっても安易に相手を殺したりしないんだ、反乱軍が鎮圧されるとその反乱の将校たちは丁重に飛行機で国外に送り出される——ネゴシエーションというのが東南アジアの伝統だとか言ってましたけれども、隠岐にも問答無用ではなくて、ねばり強く相手と交渉するという伝統があったわけですね。代官は「とんでもない、おまえら何を言っているんだ」といろいろと彼らをいさめますけれども、島民側は頑として引かない。

そして長い長い交渉が繰り返されたあげくに、結局代官は屈伏状《くつぷくじよう》というものを書かされて、竹槍をつらねた島人たちのあいだを、滂沱《ぼうだ》と落ちる涙をこぶしでぬぐいながら、家族を連れて船に乗って島を去っていく。これもなかなか変わっていますね。われわれの考えているサムライですと、そういう屈辱には耐えられないといって腹を切ってそこで果ててしまう、あるいは討ち死にするんではないかと思うんですけれども、この場ではそうじゃありません。

また追い返す島人たちも、そこで歓呼の声を上げて代官たちを追い出すのではなくて、酒樽《さかだる》をいくつかとお米と飲料水と、そういうものをちゃんと代官たちの船に積み込んでやって、去っていく代官たちを静かに見送ったという。この事件が「やさしい革命」と言われる一端はそこにあると思うんですが、とりあえずそういう形で無血クーデターが成功したのです。明治維新の中で、いろんな一揆《いっき》や暴動がたくさんありました。しかしこの〈隠岐騒動〉に見られるような、ねばり強い交渉、ひとつの思想とか学問を背景にして知識人と島民、村の中堅の有力者と大衆が一体になって、幕藩の権力に対して正面から対峙《たいじ》し、しかもすぐに実力をふるうことなしに彼らを送りだした、そういう騒動は非常に珍しいんじゃないでしょうか。

そして、ついに隠岐の国に自治政府ができるんですね。これは一つの革命です。まず会議所という立法府をつくる。それから総会所という執行府をつくる。司法、行政、立法、それからそれぞれ海軍省、陸軍省、通産省というような、今でいえばそれに当たる部門をたくさんつくって、流通から経済、さらに軍備に至るまで細かく組織をつくり上げる。この組織は、パリ・コミューンの時に人民たちがつくり上げた政府の組織よりははるかに立派だったといわれているほどです。日本全体からみれば豆粒のように小さい隠岐の島国ですけれども、形だけは整然として、慶応四年、明治元年になるその年に隠岐の島後に隠岐の共和国が誕生するわけですね。

当然のことながら松江藩からの反撃があるであろうということが考えられます。権力がそのまま隠岐の島民をほっておくわけがない。代官を追い返したのですから。それで正義党のメンバー、つまり新しい隠岐コミューンのメンバーは、長州藩などに使いを送って、軍事的なバックアップをしてほしいと応援を申し入れます。王政復古の維新に参加するためにわれわれは決起した、この後、松江藩の報復もあるかもしれない、ぜひ応援してくれというわけですね。また京都へいった連中もいます。新政府鎮撫使の呼びかけに応じまして、私たちは自治政府をつくり上げました。そしてわれわれは隠岐の国の政府をもってそちらの新政府に参加協力したいと思っております。ぜひ働かせてください、そう申し入れます。

一方、松江藩のほうは松江藩のほうで、すぐさま京都へ密使を送って、新政府へ猛烈な裏工作を開始します。隠岐には一応お墨付きがいっているから、ただ頭からそれを叩いて、明治新政府に逆らうことになってもまずい。といって松江藩の威信にかけてこれを放置するわけにいかないということで、なんとかこの問題を解決する糸口を自分たちに有利に展開しようとした。こうして隠岐から派遣された連中と松江藩から派遣された連中が、双方で必死のロビー工作を明治新政府に対しておこなうことになるのです。その中で、これははっきりしたことはいえないんですが、当時、戦費に窮した明治新政府は松江藩から十六万両とかという大きな金を戦費として調達しようとしていた。そこへ、その松江藩から使者が来て、こういう問題が起きて困っている、何とかしてくれという要求があった。一方、隠岐のほうは志だけで訴えてきていて、われわれはあなた方の呼びかけに応じて立ち上がったという。島民が立ち上がったことで、すでに松江藩の力は弱まっている。旧藩体制に裂け目が走っているわけですね。新政府のほうとしてはひとつの目標を達せられた。

そこで、例の戦費調達の問題とからんで、今度は明治新政府は掌《てのひら》を返したように松江藩のほうにお墨付きを渡します。近ごろ隠岐島の土民たちが――はっきり「土民たち」と書いてあります——反乱を起こして大変不穏なことがあるそうだ、こんなことは許せない、とんでもないことだ、すべからくこういうことがあった時には、松江藩はそれを実力で鎮圧すべしというお墨付きを渡してしまうのですね。これはちょっと考えられない裏切りです。だけどその裏切りは明治新政府としては別に珍しいことでも何でもなかった。たかが島の農民たちが竹槍を持ってがたがた騒いでいるが、王政復古、そして明治新政府をつくるための小さな政治工作としてその連中を犠牲にすることは何でもないわけですから。

ポーランドでワルシャワのレジスタンスの連中が地下水道に立てこもってワルシャワ蜂起《ほうき》をやった時に、ソ連軍はすぐそこまで来ているのに入ってこなかったでしょう。あれは、応援に入っていったら英米系のレジスタンス軍と一緒に共同して戦後体制をつくっていかなきゃならなくなる。どうせ自分たちが勝つことは見えているんだから、ドイツ軍に徹底的にレジスタンスの連中を叩かせてしまって、民衆の力の根を根絶やしにしておいて、その後へ入っていってドイツ軍も戦力を消耗しているところを叩けば完全に自分たちで制圧できるわけだ。それで突入しなかった。アルノ川のすぐ後ろまでソ連戦車軍が来ていながら、レジスタンスの連中の悲痛な呼びかけに応ぜずに、それを見殺しにした。

まったく同じようなことで、明治新政府は、島民たちが自分たちの呼びかけに応じて勤皇倒幕ということで立ち上がって松江藩が分裂し、お互いに対立の中で両者とも力を弱め合っている間はありがたいが、立ち上がってしまった後、隠岐にコミューンができた後は、今度は島民たちの組織がかえって邪魔なんですね。しかも彼らは武装していて、自分たちの会議所とか何とかを持っている。おとなしく明治新政府に一島民として参加するのではなく、隠岐の国として参加しようとしている。これはちょっと大きくなり過ぎたぞ、ちょっと骨があり過ぎるぞ、この連中は、ということが、明治新政府の元勲たちの頭にあったと思う。特に薩長のほうに。薩長といえども幕藩体制の中の雄ですから、士民たちが立ち上がって代官を追放するということは感情的に許せないし、これは為政者としてはきわめて危険なことなんです。秩父《ちちぶ》困民党と同じですね。

コミューン壊滅の日

やがて五十数日目に、松江藩から船に乗り組んだ松江藩の軍隊が大砲や小銃を携えて西郷の港に上陸し、代官所に立てこもっている自治政府のところへ乗り込んでくる。そこで島民に退去を命じるんですが、なかなか応じない。応じない理由は、隠岐の島人を松江藩の連中が撃ったり殺したりするなんていうことはありえないと思い込んでいたからだという。そこが隠岐の人々のやさしさであり、人の良さであるのかもしれないんですが、大砲とか小銃を構えて威嚇《いかく》してきているけれども、これはこっちが頑張って話をすすめれば、また交渉がある程度まとまって、もうちょっといい結果になるかもしれんということで、頑として退去に応じなかった。正規軍のこわさを知らないんですね。それで結局、撃てということになって、小銃、大砲一斉《いっせい》に火を吹いて、たてこもっている有志たちがばたばたと倒れて四散して逃げまどう。あっという間もなく第一次自治政府はそこで壊滅しました。死んだ人間もいる、山に逃げた人間もいる、他国へ離散する人間もいる。こうして再び島に松江藩の支配が回復するのですけれども、そこでまた微妙なことに、長州とか薩摩のほうに、先行して応援を頼んでいたグループの作戦が功を奏して、こんどは薩長の軍艦が入ってくる。そして逃げた島民たちの裁判をやろうとして追っかけまわしている松江藩の追討軍に対して威圧をかけるわけです。だから実に複雑なんですね。

松江藩のほうも、でかい軍艦が大砲を構えて乗り込んできたものだからおったまげて、そこで一応和解しました。そしてもういっぺん隠岐の島民の自治的な組織というものが、今度は形骸化《けいがいか》されたものではありますけれども、できあがりまして、これがまたしばらく続くんです。続いた後に、やがて王政復古がきちんと終わって、幕府が政権を明け渡して明治新政府の基礎が固まった。そして今度は島は隠岐県に編入するから島のコミューンは解散せよという命令が中央からくる。これに対しては、もう逆らう元気もありませんし、最初の自治コミューンのエネルギーも大半はなくなっているし、有力な人たちも死んだりしているから、形だけの隠岐のコミューンも何の抵抗する力もなく、やがて明治新政府の管理体制の中にきっちり組み込まれてしまうわけです。

そこへ赴任してきた最初の隠岐県知事は、これがまた本当に具合が悪いんだけど、久留米《くるめ》の水天宮の宮司を務めていた家の息子なんですね。真木直人《まきなおと》という人物です。この人は、神官の出ですし、傾向としては国学派だったと思います。

さて、隠岐の知識人たちの革命は幻とついえ去り、彼らは四散して、身を隠したり死んだりした。しかし、残された島民たちの不満とエネルギーというのは、依然としてそこに不完全燃焼のまま残っている。生活がよくなる、世直しがあると聞いたけれども、ちっともよくならないじゃないか。逆にますます苦しくなっている。しかもみんな畑をほったらかし、漁業をほったらかして、蜂起したり新政府に参加したりしているから、有志の中には借金を負っているものもあるし、皆が非常に困窮してきた。島人の間に鬱然《うつぜん》として不穏な空気が漂ってくるわけです。それを非常に早く見事に見抜いた真木直人知事は、そのエネルギーを何かの形でよそへ転化させる方法はないかと模索していたと思うんですね。

消えた北海の松明《たいまつ》

隠岐は今でもそうらしいんですけど、昔から寺が強くて、寺の中に寄寓《きぐう》しているような形で神社があったところが多いんです。神式のいろんな行事がありますね。それもお寺の住職が中心になって執り行ったりしたことがあるというぐらい、神官たちは坊さんに屈伏させられていたといいます。

しかも、島民たちは非常に困窮している。困窮しているにもかかわらず寺は富裕である。今度の隠岐騒動にも寺はどちらかというと出雲党の側に加担していたというので、寺憎し坊主《ぼうず》憎しという気分はもともと色濃くあるんです。そこへ明治初年三月に神仏判然令という太政官《だじょうかん》布告が出た。国の宗教として神道《しんとう》が採用される。随神の道の復活だということで、今度は知識人たちがそういう立場をとります。かつての尊皇攘夷《そんのうじょうい》思想とつながっている夷狄《いてき》をやっつけようという立場ですね。仏教は外来文化ですから。それから島民たちにしてみると、自分たちの苦しさをよそに栄華を誇っている寺は許せない。さらに消化不良の鬱勃《うっぼつ》たるエネルギーがある。

そこで真木知事は、具体的に何をしろと命令したわけじゃないんですが、島の人々に暗に全国に吹き荒れている廃仏毀釈《はいぶつきしやく》の嵐《あらし》に賛同することをすすんで黙認する感じを示すわけですね。まあ、寺の寺領とか莫大《ばくだい》な土地とか、いろんな財産を没収して島民たちが分けてよろしいというようまい話をチラチラさせた。それで幾つもの要素がここでまた重なり合う。こうして島の中で、猛烈な廃仏毀釈の嵐がおこります。島内百カ寺のうちの九十八カ寺が炎上したり破壊されたりする。坊主は追放される。民家にある仏壇の中の阿弥陀《あみだ》像まで持ち出されて、みんなナタで壊して焼かれるという、まさに島をあげての集団ヒステリーのような廃仏毀釈の嵐が吹き荒れることとなった。道ばたの野仏や、お地蔵さんまで徹底的に破壊されました。

真木知事はそれを制止するどころか黙認して、かつ火に油をそそぐような雰囲気《ふんいき》でそれを見守っていた。明治新政府というものが、暴走する民衆のエネルギーをそちらへ誘導したわけです。よくここまでうまくやったと思うぐらいですね。そういう形で廃仏の嵐が吹き荒れた後、今度はもうこれでよいとなったところで、やり過ぎはいかんといって、また政府のほうが抑えにかかります。

真木直人は何年か隠岐県知事を務めた後、廃仏毀釈の嵐が吹き荒れた後に、民部省の役人として栄転していきました。残されたのは、首なしの仏像や、廃墟《はいきょ》になった寺です。そしてそこからなにがしかのものが島民たちに分与されたかどうかはわからないけれども、やがて人々は自分たちはいったい何をやったんだろうというふうに茫然《ぼうぜん》と手をつかねて夢からさめる。隠岐騒動に続く廃仏毀釈の嵐の中を走り回った人々の激しいエネルギーがそこで消耗されつくされて、今度こそ隠岐は完全に明治政府の従順な地方の一辺境として残されるわけです。

これはあくまで私の私観です。勉強不足なのでかなり小説的な脚色がありますけれども、大筋はこういうところだと思います。そしてその後、隠岐騒動に参加した人たちの主なリーダーたちは裁判を受けます。その中で監獄に入ったり、刑の執行を終えた後は、他郷に住んで二度と隠岐島に帰らない人々もいます。

こういう経過があって、その中でもちろんのことながら、陰になり日なたになって隠岐島の明治維新の精神的支柱となった中沼了三は野《や》に下ります。西郷隆盛も野に下るし、いろんな人たちが野に下る。中沼了三の考えていたのは、孔孟《こうもう》の教えに見ならって、仁義修身平天下というような感じで、道義ある明治新政府の将来を学者的に、理想家肌《はだ》的に夢見ていたのでしょう。新しい国家は、そうあるべきだ、と。ところが現実の明治新政府を動かしているマキアヴェリストたちの動きには当然のことながらついていけない。彼は野に下ったまま、じっと静かに余生を送ることになります。

後に、たしか広島に大演習があって、明治天皇が来ました。その時に、中沼了三は何十年か振りで、大礼服のような衣装を調えて、大本営へ乗り込み、かつて若き日の明治天皇の侍講を務めた臣中沼が、ここに御尊顔を拝しに伺いましたと挨拶《あいさつ》に行きました。そして会った時に明治天皇が軍服を着ているのを見て、中沼了三は非常に慨嘆したそうです。天皇は軍の指揮官ではないのだ。天皇は政《まつりごと》をつかさどる精神的シンボルではないか、仁義修身平天下の象徴なのであって、軍服を着て兵隊を指揮するなどということはなさけないことだといって落涙したという話が伝わっております。彼の気持ちは非常によくわかる。理想家肌の尊皇家なんです。しかも儒学者である。そういう気質を隠岐騒動は受け継いでいるから、代官たちを追っぱらう時にもきちんと礼儀正しく振る舞って、礼節をわきまえた送り出し方をしたんでしょう。明治新政府に対しても終始、誠心誠意の応じ方をする。私から見ますと、じつに純情な革命といった感じがするんです。その純情な革命が海千山千の明治新政府に翻弄《ほんろう》されて、そして鮮やかに裏切られ、そのあげくには廃仏毀釈まで引き起こして自滅する。そして隠岐は明治の維新の時にこそ、北海のひとつの松明《たいまつ》として輝くはずであったものが、また黙して辺境の一隠岐郡として今日に至るわけですね。

世界史の中の隠岐

橋川文三さんは隠岐の自治政府のことを、明治維新に生まれたひとつのコミューンである、こういうコミューンがもしも全国各地に百とかそれ以上生まれて、それのゆるやかな連合というものが成立したとするならば、明治以来の日本の歴史は大きく変わっていったに違いないと、非常にロマンチックな憧《あこが》れをこめて、どこかの文章で語っておられます。また、これを左翼的な史家たちからすると、カタロニアのように、地方自治政府がそこに誕生したのだ、パリのコミューンにも匹敵すべき壮挙であるというふうに讃《たた》える方たちがいる。隠岐騒動の話は、僕ははじめは羽仁《はに》五郎《ごろう》さんから聞いたんです。非常に情熱をこめて語ってられたのを覚えています。

橋川文三さんほどロマンチックに考えなくても、冷静に見て、これだけのひとつの精神的な基盤に支えられた自治政府が日本に誕生した例はあんまりないと思うんです。非常に短いものではありましたけれども、ただ尊皇とかとお先走りのインテリゲンチアたちが暴走したことだけでもなく、また米寄こせという一揆《いっき》だけでもない。反仏ではあるが、一向一揆とどこか共通した精神的な思想に支えられた運動でもあります。知識人と大衆がこの島において稀《まれ》な幸運な出会いをなしとげているのです。島人のエネルギーと知識人の理想とが奇跡のように合体して、明治という舞台を得て、一閃《いっせん》の花火を打ち上げたのが隠岐騒動であった。これに対しての賛否両論いろいろあります。あるいは非常に国学的な立場から、尊皇攘夷の義挙として十津川郷士の義挙と同じように褒《ほ》め讃える向きもあります。またそういうものを一蹴《いっしゅう》して、あれは単なる尊皇派のお先走りにすぎないと見る見方もあります。今もさまざまな見方がある。

カナダの歴史家でE・H・ノーマンという人は若い時に日本に、出雲のほうに来ていた学者ですが、日米戦争が始まったために交換船でカナダへ引きあげ、戦争中に向こうで本を書いたんです。『日本人の兵士と農民』というその本の中で隠岐騒動のことを国際的にはじめて紹介しています。この人の言葉によりますと、隠岐の事件は明治維新の時代において、日本のすべての国民が経験したであろうことの集約であるという。たしかに隠岐の事件は特異な事件であったけれども、全国にそういう事件が起こる可能性はあったし、それをバネに全く新しい日本国の未来図を夢想することのできる事件ではあります。

ですけれども、僕の関心はあまりそこにはないんですね。そういう民衆の動きというものを明治新政府がどのように扱ってきたか。常に中央は辺地に対して同じようなことを『古事記』『日本書紀』を読んでも繰り返してきたな、と。政治の非情さというか複雑さというか、ああ、繰り返し、繰り返し権力は辺地に対してそういうことをやってきたんだな、と。これは一九一七年のロシア革命の後もそうです。あるいは戦後のポーランドとか、あるいはチェコとか、そういうところで起こった事件もそうです。常に政治はそういうふうに繰り返していくんですけれども、なぜかその〈やさしい革命〉といわれる、私どもから見ますとたいへん純情な民衆蜂起《ほうき》といいますか、そういうものが、明治政府の非常に残酷な、あるいは道義的でない扱いによってつぶされていく、その過程を見ておりますと、近代日本は明治元年、一八六八年からスタートして、きょうまで百数十年のあいだの歴史の中で、どこか出発点からして、ちょっと一歩か二歩踏み間違えているんじゃないか。その結果がここまでこうきてしまったんじゃないか。これは今後ともわれわれの中で問われてくるひとつのお手本だろうと思いますね。もしもあのとき、あれがこうではなかったらというふうな、まあこれは小説家の空想なんですけれども、そういう空想をすることがあります。しかし、現実は今も同じではないか。

ところで、隠岐にはロシア人の墓がありました。これは日露戦争の時に、隠岐に流れついたバルチック艦隊の水兵たちを葬《ほうむ》った墓です。とても風情《ふぜい》のある静かないいお墓でした。また私はこんどの旅で、隠岐の人たちの厳しい自然の中で養われた激しい情熱とともに、底ぶかい優しさをも肌で感じとりました。〈隠岐騒動〉の中では、隠岐の側の島民たちは銃も発射しておらず、テロもやっていません。それが一方的に、自分たちが純情を託した明治維新政府によって蹂躙《じゅうりん》されていく。その優しい人々の無念さというか、そういうルサンチマンを隠岐をはなれるにあたって、しみじみと感じながら帰ってまいったのです。

「かくれ念仏」の系譜

本日はぼくの講演会のなかでは、最も小人数の会だと思います。こういう会は気分が楽でいいですね。以前、一度だけ日本武道館でおしゃべりをしたことがありましたが、これは大変でした。引き受けたきっかけは、かつてビートルズが立った舞台に、自分も一度立ってみたいという——（笑）かなり、いいかげんな動機だったんですが、実際にステージにあがってみると、どっと冷汗が出た。頭の上から、こう、のしかかってくるような人間の数なのです。そのときは日本全国からある公共団体の職員のかたたちが集まってこられた会で、ぼくの前に中曾根《なかそね》元首相の挨拶《あいさつ》があるという、じつに場ちがいな講演だったので、もちろん話がうまくいくわけはありません。もう二度とこういう思いあがった事はするまいぞと反省することしきりでした。

なにしろ冗談を言ったりすると、手前のほうからさざ波のように扇形に笑いがずうっと広がって、後方に達するまでに五秒はかかるんですから。（笑）

それにくらべると、きょうはありがたい。楽な気持ちで、楽しくしゃべることにいたしましょう。

さて、本日のテーマは〈異端〉ということですが、仏教という枠《わく》のなかだけでなく、まず、ひろく〈異端〉について考えてみる必要がありそうです。

〈異端〉といえば、当然、〈正統〉という言葉を思いうかべます。しかし、〈正統〉というのは、メジャーとなった〈異端〉のことであると言い切っても、さしつかえないのではないでしょうか。つまり、すべての宗教や思想は〈異端〉として発生し、それが多数派として世を制圧したときに〈正統〉の地位を獲得する。

そういう説明は、あまりにも単純すぎると笑われるかもしれません。で、もう少しつっこんで考えてみますと、多数派となっただけでなく、それが世間や体制から公認されたときに〈異端〉は〈異端〉でなくなると考えてもいいでしょう。ですから、いまだ世に公認されざる多数派が〈異端〉であり、権威をもつ少数派が〈正統〉とされる場合も往々にしてあるわけです。

ぼくは〈永遠の異端者〉などというものは、ないと思っています。〈異端の文学〉とかいった広告文が本のオビについたときには、すでに知の領域においてその世界は公認されてしまったわけですから。

英語で〈正統〉を意味する言葉はorthodox《オーソドックス》ですか。〈オーソドックス・チャーチ〉というと、ギリシア正教会のことですね。ロシア正教会は〈ラッシャン・オーソドックス・チャーチ〉。〈オーソドックス・ジュー〉といえば、ユダヤ教の教えを厳格に守る正統派ユダヤ教徒のことでしょう。

これに対して〈異端〉はheresy《ヘラシー》。なんでも、この語源のギリシア語、ハイレシスは、〈選択〉すること、また〈選択〉されたものとしての思想、見解、さらにその考え方を信奉するセクトや宗派のことを意味すると聞いたことがあります。この〈選択〉という言葉を聞けば、皆さんはすぐに法然《ほうねん》の『選択本願念仏集《せんじやく》』とか、親鸞《しんらん》の『教行信証《きようぎようしんしよう》』のなかの〈選択摂取の白業《びやくごう》、往相回向《えこう》の浄業なり〉という文句を連想されることでしょう。つまり〈異端〉heresy《ヘラシー》とは、なにもおどろおどろしい奇怪な存在などではなく、むしろ一党一宗のイデオロギーにとらわれないいきいきした〈選択〉の営為のことだったのかもしれません。

それがキリスト教の歴史のなかで、正統的な教えから逸脱《いつだつ》した立場や考えかたを〈異端〉とし、キリスト教以外の宗教を〈異端〉とするようになってくるというのは、皮肉な限りです。そもそもイエス・キリストの出発点は、ユダヤ教に対する〈異端〉

そのものであったわけですから。

こういう仏教関係者の皆さんがたの集まりでキリスト教の話というのも、なんとなく妙なものですが、ぼくはいっこうに差支《さしつか》えないと思っています。遠慮することなんかないのです。他の宗教や宗派のことを勉強しない坊さんが多すぎるから、いま寺は一般の人たちに見放されかかっているんじゃないでしょうか。

ですから、きょうは九州地方の〈隠れ念仏〉と、東北地方の〈隠し念仏〉のことをお話しするつもりでやってきたのですが、本題にはいる前にちょっと道草をくうことをお許しいただきたい。

もっともぼくの話は前説で終わってしまうことが多々あるので、ちょっと心配なところもありますけど、講演も、演奏も、ライブはインプロヴィゼイションが生命《いのち》です。きまりきった話を筋書きどおりにしたってつまらない。しゃべりながら考える。皆さんがたの反応や、好奇心や、疑いのまなざしによって、語り手の考えが変化し、深まってゆくのがおもしろいんです。ぼくにしても、ただ、お布施《ふせ》が欲しくてのこのこ出てきたわけではありません。話を終えて帰るときには、この場所にやってきたときよりうんと自分の考えが深く、広く、豊かになったな、という実感を土産に帰りたい。

まあ、そういうわけで、話があっちへとび、こっちへ脱線するのは大目にみていただこうと思うのです。

さて、〈異端〉と〈正統〉の問題ですが、これはキリスト教の場合が、もっとも典型的、かつ明快なかたちであらわれているといっていいでしょう。〈異端〉に対する苛酷《かこく》な宗教裁判の歴史は、それが魔女狩りなどの社会心理的行動とくらべて、徹底した論理によって争われ裁かれる裁判であるだけ、〈正統〉と〈異端〉の相関・対立関係があざやかに浮きぼりにされてくるのです。

それよりもなによりも、まず〈正統性〉を獲得するまでのキリスト教が、あるいはキリスト自身が、〈異端〉そのものとして出発したことを考えてみなければなりません。もちろん、イエスは自分を〈異端〉とは考えてはいなかったことでしょう。彼はみずから心に真の〈正統〉こそわれなり、と任ずるところがあったと思います。しかし、当時のユダヤ教会、ユダヤ教徒の目からみれば、まごうかたなき〈異端者〉であった。『使徒行伝《しとぎょうでん》』で、「疫病《えきびょう》のような異端の頭《かしら》」というような表現がなされているのをみても、それはあきらかです。

当時のユダヤ教徒、つまりパリサイの徒のなかに、相当な人物がいました。一流の正統的な知識人として、イエスら異端の新宗教者たちを弾劾《だんがい》していたパウロという男ですが、彼はやがて回心し、これまでと逆にイエスを信じるようになります。つまり転向するわけですね。

パウロは一面、まあ真宗《しんしゅう》でいうなら蓮如《れんにょ》のようなところがあって、迫害されている砂のごとき〈異端〉の民衆を組織し、あたらしい集団、共同体の形成につとめます。しかし、大局的には〈異端〉の集団であろうとも、こうしてそれがひとつの組織の実体をもつようになりますと、皮肉なことですが、その中に〈正統〉が確立されることになる。いわば〈異端〉のなかの〈正統〉ですね。そこでは例えば偶像崇拝や、他の宗教との習合混在がきびしく否定されたりします。おもしろいのは、パウロには浄土真宗の宗旨とおなじ体質がありまして、魔術的なもの、呪術《じゆじゆつ》的なもの、神秘体験や、暦の迷信などといった土俗的な信仰習俗をきびしく排除し、論理的行動や、言語による信仰の確立を、〈愛〉という思想に託して説きました。そして、それから外れるものを〈異端〉として批判します。

ご存知のように親鸞以来の浄土真宗の信心は、厳格な弥陀《みだ》一仏の信仰です。中東や西欧は一神教の世界だが、日本は多神教の世界だから、ものの見方、考え方がちがう、などと時どき耳にすることがありますが、そんなことはありません。この日本列島で統計的にはもっとも多数の信徒をもつといわれる東西両本願寺などの浄土真宗十派は、本来は明快な一神教の宗教です。そして現実の形態はともかく、その信仰の核心は〈弥陀一仏〉であり、他のカミやホトケは一切認めないのがたてまえです。カミを認めなければ、天皇はもちろんです。

前の大戦中の話ですが、東京で宮城前を通るときに、二重橋にむかって絶対に頭をさげない、またはさげながらも、「額に王法、心に仏法」と、念仏のようにとなえながら、なお自分を責めていたある人物の話を聞いたことがあります。その人は、じつにピュアな親鸞の崇拝者で、浄土真宗の信徒でした。有名な蓮如の書簡の中の、「諸神諸菩薩《ぼさつ》を軽んずべからず」というのは、まだ〈異端〉とされていた当時の念仏の徒の、みずからの信心を守りぬく方便とみるべきでしょう。

ですから、〈正統〉と〈異端〉とは、いわゆる対立否定的な概念ではありません。白と黒とは、見た目はぜんぜんちがっていても、無彩色のグラデーションのなかにおいて眺《なが》めてみますと、白から黒、または黒から白への無限の中間色ゾーンによってつながっている。白でも黒でもないグレイもそうです。光と闇《やみ》にしても、善と悪にしてもそうでしょう。闇なくして光明という概念は成立しないからです。ですから、〈異端〉とは同族間での対立と言ってもいい。仏教はキリスト教にとっては〈異端〉ではなく〈異教〉なのです。神道《しんとう》にとってイスラム教は異教ではあっても〈異端〉とはいいません。

キリストと同じように、過去の偉大な正統仏教の創始者たちは、すべてはじめは〈異端〉として出発します。親鸞も、道元も、日蓮《にちれん》も、みなそうでした。それまでの貴族仏教から民衆仏教への革新をはかった偉大な開祖たちが、それぞれ既存の正統教団から〈異端〉として迫害された歴史はご存知のとおりです。

ところで話は変わりますが、私は五十歳になるかならぬかの頃《ころ》、三年ほど小説家稼《か》業《ぎょう》を休んで京都へ移り住んだことがありました。〈休筆〉などというマスコミ辞令をもらって、一部からは流行作家が勝手に休業するとはなにごとか、と非難されたりもしましたが、それはカラスの勝手でしょう。(笑)

京都にいたあいだに、龍谷《りゅうこく》大学の聴講生になりました。当時まだ教室で講義をなさっておられた千葉乗隆《ちばじょうりゅう》先生の授業に出るためです。

千葉先生には〈市廛《してん》の宗教〉という講義をうけまして、近世仏教の成立過程や、さらに地域共同体における〈惣村《そうそん》〉や〈講《こう》〉についての話をうかがいました。そのときの講義のなかでは、近世における農村の宗教的コミューンの成立とか、〈毛坊主〉というオルガナイザーの実体などに、ことに興味をひかれたことを憶《おぼ》えています。

この千葉乗隆先生の異色のお仕事のひとつに、九州南部の〈隠れ念仏〉〈カヤカベ講〉などの実地調査をなさって、その調査研究をまとめられた報告があります。私は授業での講義とともに、こちらのほうのお仕事にもつよい関心をおぼえておりまして、個人的にお伺いしては、よくいろいろと話を聞かせていただいたものでした。

この千葉先生のお書きになった論文のなかに、「カヤカベの現況」(『カヤカベ――かくれ念仏――』法蔵館刊)というのがあります。ぼくはこの〈カヤカベ〉という言葉を目にしたときに、なにか思わずはっとしたような気がしたものでした。

記憶の糸をたぐってみますと、どうやら中学生のころに耳にしたようにも思われる。それがどういうものなのかはわからないが、なにか、ひそひそ話で語られるような気配があった言葉だったことは憶えているのです。ぼくの両親の実家は、それこそ筑後《ちくご》平野のはずれの山村で、そこから肥後(熊本県)へはすぐ歩いてもいけるくらいの場所でした。

飛形山《とびかたやま》という山の両側に、山襞《やまひだ》のあいだに埋もれるような感じでへばりついている小村落です。母親の里は白木村、これはシラギ村ではないかと書いて地元の人からお叱《しか》りの手紙をもらったことがありますが、の横ケ倉という場所でした。当時はけわしい山道を登りつめたところに数軒だけある集落で、ぼくが引揚げてそこに住んだころには、電気も水道もなく、夜はランプの光に照らされて「家の光」を読む、といった暮らしぶりだったことを憶えています。

父親の実家は、これまた山中の小集落。八女《やめ》郡辺春《へばる》村字《あざ》下辺原《しもへばる》という所でした。ここも水道の水がきていないので、風呂《ふろ》を沸かすにも離れた小川から桶《おけ》で水を運んでくるような時代です。いまはもう立派な道路もできて、それこそ文化的な暮らしがいとなまれていることでしょう。

しかし、つい四十五年前の日本の山村というのは、そんなものだったんですね。ホイトとか、サンカとかいう人たちが時おり訪れてきて、メゴ（目籠）や、ミ（箕）などの修理をやってゆくのですが、家に猫《ねこ》がいるのを見て、マタタビを編みこんだ籠《かご》を作ってくれたことがあります。

そんな現代ばなれのした生活の一端を、少年時代に体験できたことは、ぼくにとって非常にラッキーだったと思います。宮本常一《みやもとつねいち》さんの本の中に出てくるような事を、実際に見聞きすることができたのですから。

〈カヤカベ〉という言葉を耳にしたのも、その頃のことでした。

「〇〇の家の嫁の実家は、カヤカベげなばい」

と、いとこの一人が囁《ささや》くのを聞いたのです。農学校を出てからしばらく姿が見えなかったその家の次男坊が、鹿児島から美人の嫁さんをつれて帰ってきたことは、村ではかなりのニュースだったのです。

そのときの〈カヤカベ〉という語感に、なにかしら秘密めかした奇妙な匂《にお》いをかぎとったのも、少年の直感のようなものでしょうか。

「カヤカベちゃ、なんのこつね」

と、素直に質問できない気配をおぼえたのです。それから数カ月たったある日、ぼくは平野部の町に住む大学生くずれの文学青年の家を訪ねました。その年長の先輩は、一時期、東京でも暮らしたことがあり、肺病になって郷里の町へもどってきてからは、何もしないでぶらぶらして三十歳を過ぎてしまったという、いわゆる〈夢の久作どん〉の一人だったのです。

噂《うわさ》では、油絵を描いて中央の展覧会に入選したとか、詩を書いているとか、中学校の女先生と男女の仲であるとか、いろいろ囁かれていましたが、どういうわけか年下のぼくをかわいがってくれて、戦前の世界文学全集だの、近代劇全集だのを貸してくれたり、ときどき食堂で長崎チャンポンをおごってくれたりと、ありがたい存在だったのです。

そのYさんの書斎、といっても土蔵の二階の薄暗い屋根裏部屋ですが、そこをたずねて、ずっと気にかかっていた〈カヤカベ〉のことを思いきってたずねてみたのです。

「ふむ、カヤカベ教か」

Yさんは薄ら笑いをうかべると、キセルに煙草《たばこ》を半分にちぎったやつをつめて一服しながら、うなずきました。

「カヤカベいうとはな、鹿児島県のほうで今も続いとる〈隠れ念仏〉の連中のことたい」

〈隠れ念仏〉というのも、はじめて耳にする言葉です。首をかしげるぼくに、Yさんはさらに説明をつづけました。

「カヤカベの家にはな、神棚《かみだな》があって、毎日それをおがむのだ。だが、しかし――」

Yさんは急に声をひそめるようにして囁きました。

「だが、しかし、その神棚の壁のむこうには、仏さんが隠されておる。壁のむこうにもうひとつ隠し仏壇のある家もある。かしわ手をうって神棚をおがんでいるふりをして、じつは隠し仏のほうに念仏をとなえているんだよ。カヤカベというのは、その神棚の下の板壁がカヤの木でできた引き戸になっていて、外から見ると板張りのただの壁だが、その奥が隠し仏間になっているからたい。そういう家が鹿児島のほうには、たくさんあるとたい」

そのYさんの言葉には、なにか江戸川乱歩の小説を深夜にこっそり隠れ読むときのような、秘密めかした響きがありました。

今にして思えばYさんにしても、〈カヤカベ〉と呼ばれる独特の宗派集団について、本当のことをよく知っていたとは考えられません。彼の説明は、伝聞《でんぶん》にもとづく、かなり興味本位のお話でした。しかし、当時その地方に住む年長者なら、だれもが〈カヤカベ〉という言葉を頭の片隅《かたすみ》にとどめていたことも事実でしょう。

のちにぼくが龍谷大学の調査班がおこなったフィールドワークの報告書、『カヤカベ――かくれ念仏――』に目をとおしたとき、中学生のころにYさんの薄暗い土蔵の書斎で耳にした言葉が、あざやかによみがえってきたものです。

千葉先生は、その報告書のなかで、「カヤカべの現況」という論文を書かれています。千葉先生らが中心となっておこなわれた鹿児島県下の〈カヤカベ〉の調査は、何年にもわたるかなり丹念なものでした。千葉先生から直接にうかがった話では、その調査がはじまったきっかけには、すこぶる興味ぶかい事件があったそうです。

戦後、学校給食がはじまった当時の話ですが、鹿児島県下の万膳《まんぜん》小学校という学校で、一部の父兄が集団で学校給食を拒否する申入れを行ったことがあったそうです。きっかけは生徒のなかの一部が、給食の牛乳をどうしても飲まない。不思議に思った担任の教師が、そのことを家庭に連絡したところが、父兄が、自分たちの宗派では日によっては牛乳を飲まない習わしである、と。だから子供たちに強制するのはやめてほしいと訴えたというのです。

そんなことがありまして、最初は鹿児島大学の研究者たちが、日本ではめずらしいタブーを持つ集団の調査にあたったのだそうですが、当事者たちはみな口が固く、がんとして調査に協力しなかったらしいのですね。しかし、どうやら浄土真宗系の宗派らしいとわかってきた。それなら西本願寺系の龍谷大学なら調査が可能ではないかということで、千葉先生らが現地にはいってゆくことになったもののようです。

しかし、最初の二年間は、いくら純粋な学術研究であると説明しても、がんとして口を開かなかったといいます。そのうちに、ようやく研究者たちの情熱が伝わったのか、〈カヤカベ〉の実体を語ってくれる一部の協力者が出てきた。

この〈カヤカベ教〉というのは、いわゆる俗称ですね。龍大グループが調査をはじめた当時は〈霧島講《きりしまこう》〉といっていたらしい。しかし、それは〈カヤカベ〉の人たちが外部に対して名のっていた集団（講）の名前で、信仰自体を呼ぶものではありません。いわば世を忍ぶ〈異端の宗派〉の、仮の呼称であるといったらいいでしょう。正式には〈牧園横川聯盟霧島講《まきぞのよこがわれんめいきりしまこう》〉といいます。

この人々は、表面的には神道の教徒をよそおって、毎年、かならず霧島神宮への参拝を欠かしません。その霧島神宮の本地は、伊勢《いせ》神宮であるとしているのです。そして、日常の宗教行事は、他の神道教徒とまったく変わるところなくつとめます。そして、もし他の人々から宗教をきかれたら、「神道です」とか、「霧島神宮の氏子《うじこ》です」とか答える。

しかし、この人々の信仰の実体は、親鸞を開祖とする真宗であるとされています。つまり〈隠れ念仏〉の一流派であるというのです。

この〈霧島講〉という呼称は、じつは昭和にはいってからのものだそうで、それまではいろんな名前を使っていました。いずれにせよ、世を忍ぶ仮の名ですから、実体さえ大事に守っていれば外部に対する顔はそれほど重要ではないのでしょう。大正期には〈神戸講《かんべ》〉と称し、また〈萱壁組合《かやかべ》〉といった時期もあるようです。昭和にはいってからも〈霧島講〉を名のるまでは、〈萱壁講《かやかべ》〉と称していたらしい。肥後や筑後地方で一般に〈カヤカべ教〉としてその名前が知られていたのは、年代的にはこのあたりの名称が、人々の記憶に残っていたせいだろうと思われます。

この〈萱壁講〉という字から察しますと、前にお話しした大学生くずれのY先輩の説明は、ちょっとちがう。〈カヤ＝榧《かや》〉というのは暖地の森などに育つイチイ科の常緑針葉樹で、ときにはおそろしく高くそびえたつことがある木です。鎮守の森などによく見られますが、宮崎県産の碁盤の原材は有名ですね。しかし、〈榧の壁〉というのは、いささかこじつけにちかい。やはりここは〈カヤ＝萱〉と素直に受け取るほうが自然です。萱《かや》、または茅《かや》。ススキ、オギ、チガヤなどの総称で、山村では古くから屋根をふいたり、炭俵をつくったりするときに使ってきました。カヤの音が古代朝鮮語に共通性をもっているという説にも、ちょっと注意をひかれます。

この、カヤをたばねて壁をつくるという生活習慣が、いつ頃のもので、また、どういう具合に作ったのかは、見たことがないのでわかりません。実際に住居の壁の一部にカヤブキをもちいたとも解されますし、また、山中にカヤで作った棚をめぐらして、その中で秘密の行事をおこなったという説もあります。また何もおかずにカヤ床を礼拝する家もあるらしい。

いずれにせよ、表は神道で、その背後に真宗の仏教が隠されているというのが、この〈カヤカベ教〉の姿です。

この〈カヤカベ〉の信徒には、一般の人々の目にふれない様々な宗教行事やタブーがあります。〈精進日《しょうじんび》〉とされているのは、正月、彼岸、盆、十一月の報恩講、そして毎月十一、十三、十六の日と、父母の命日です。十一、十三、十六の各日は、それぞれ蓮如、吉永親幸、親鸞の命日であるとされていますが、これは〈カヤカベ〉の習慣で、他の真宗教団とは少しちがいます。

行事は深夜ひそかに集まっておこなわれることになっていて、満月の前後に多い。

昔は深更にはじまって明方ちかくまで続けられたものだそうですが、時代とともに次第にすたれてきて参会者もへり、時間もみじかくなってきているらしい。この行事の日を、〈お座がたつ〉といって、魚なども食べません。牛肉、鶏肉などは〈カヤカベ〉の人は、ふだんから決して食べないそうです。

この〈カヤカベ教〉で特徴的なのは、すべての事がらが口伝《くでん》でつたえられ、文字に書かれたものを一切使用しないことにあります。したがって、経典や、勤式《ごんしき》の本なども使いません。教団の歴史や、勤行《ごんぎょう》の方式、教えの内容なども、ほとんど口伝による。ぼくはかねてから文字に残すことを拒否する文明、書かれることのない歴史、そういったものに強い興味を抱きつづけてきました。中央アジアに草原の大文明をつくりあげ、風のごとくに去った遊牧民族もそうですし、また、俗にサンカなどと呼ばれた移動民たちも、すべての伝承を口説（コトツ）によって口から伝えたとされています。

〈カヤカベ〉は、本来、文字にたよることのない、口伝ひとすじの宗教でした。座の勤行は、〈オナグラ〉〈モウシワカイ〉〈オキョウ〉〈オガイゲ〉〈オツタエ〉など、いろいろあるという。このなかの〈オキョウ〉は、浄土真宗の〈正信偈《しょうしんげ》〉の一部に念仏と和讃《わさん》をくわえたものだそうです。

〈オガイゲ〉というのは改悔文《がいけもん》、〈オツタエ〉は真宗門徒のいう説教にあたるものです。また〈モウシワカイ〉というのは、〈オキョウ〉の前にとなえる前文、つまり敬白文《けいびゃくもん》のようなものでしょう。〈オナグラ〉は、阿弥陀仏《あみだぶつ》と、親鸞聖人《しょうにん》と、善知識と呼ばれる宗派のリーダーへの感謝の言葉であるらしい。

これらの文言をとなえるには、独特のスタイルがあり、〈オキョウ〉は結跏趺坐《けっかふざ》で誦《じゅ》し、念仏をとなえるときは上体を前後に揺さぶりながら誦する。いわゆる〈ユリ念仏〉ですね。

さて、この〈カヤカベ〉の人々は、前に述べたように、社会的には神道教徒としての行事をきちんとおこないます。その一つが、毎年九月十四日の霧島神社への集団参拝です。しかし、これにも謎《なぞ》めいたスタイルがある。各人はその日、個々ばらばらに神宮の拝殿にあつまることになっていて、家から神宮への途中は集団行動をとらず、知人近親者でも互いに挨拶《あいさつ》をかわさないで知らんぷりをするのがならわしだそうです。そして拝殿で神官のおはらいを受けたあと、それぞれ離散して、やがて再び神宮に近い〈浜崎〉という宿屋に集合する。ここで酒をくみかわし、食事をとるというのが霧島参りだそうですが、どこかに秘密めかした感じがありますね。

千葉先生の調査では、大正・昭和期の参拝者数は二百人前後となっていますが、戦後も昭和三十年代にはいりますと、百数十人前後にへってきているという。

ここで注目されるのは、この霧島宮への参拝は、ただ世間をあざむく形式としての行事ではなく、同時に真宗の変形した思想をあわせもっているという点でしょう。すなわち、霧島神社の本元は伊勢神宮であり、その伊勢の神は阿弥陀仏の垂迹《すいじゃく》、つまり変身した姿であるという説が信じられているのです。

ここには一種の神仏習合の傾向が見られますし、〈カヤカベ〉が単なる〈隠れ念仏〉の一派ではない面もうかがえる。すなわち〈隠れ念仏〉を体制側からの〈異端〉とすれば、〈カヤカベ〉は〈異端のなかの異端〉であると言ってもいいような濃密なリアリティーを感ぜずにはいられません。ぼくにはその辺にことに関心があるのです。〈正統〉的な本願寺系の〈隠れ念仏〉とくらべて、〈カヤカベ〉を土俗宗教として低く見る学説もありますが、ぼくはまったく反対です。

ところで、この〈カヤカベ教〉は一体いつ頃から成立して、どの地方に根をおろしていたのか。

さきほども申しあげましたように、この教団では文書をもちいません。外部からもたらされた文書をのぞいては、すべてが記憶された肉声、口伝によって伝えられます。ですから一般にいうところの資料というものがない。ぼくは、これは素晴らしいことだと思いますね。

あらゆる歴史上の事件や体験は、それが記録、文字による資料として記録されたその瞬間から、なまなましい実感と深いルサンチマンを失います。後世の人々は、記録を読むことによって自らの想像力をかきたて、歴史を疑似体験する。インスタント・カメラによって写された風景は、人間の存在の根元に刻みつけられた生きた記憶とは別物です。たとえばある集団殺害に関する記録を読むとしましょう。その理由、経過、数字など、正確かつ客観的な描写は、読む側につよい衝撃をあたえずにはおきません。さりげない人名や、つめたい数字の羅列《られつ》が喚起するイメージも、またおそろしいほど鮮烈です。

しかし、それがどれほど強烈なものであったとしても、しょせん記録は記録。ところが、記憶というものは、そうではない。その当事者の恐怖、怒り、絶望、錯乱、ありとあらゆる感覚を丸ごと抱えこんでいるのが記憶です。その記憶は個的なものです。記憶は記録の百倍も力をもっているのです。そして、その記憶を伝えるものは、個的な肉体性をもつ口伝、肉声、歌、物語、ことわざ、冗談、言い伝え、たとえ話、などなど、その他にも無数にあるように思われます。

〈遠野《とおの》物語〉は、佐々木喜善《きぜん》の口から発せられたところまでは、遠野の深い記憶の肉体性をたもっていますが、柳田国男《やなぎたくにお》の名文で再構成された瞬間に、別ものに生まれ変わったといっていいでしょう。

個の記憶、集団の記憶は、人の口から肉体へと音声によって遺伝することが可能です。〈恨五百年《ハン》〉とは、そういうものではないか。記憶は遺伝する。受けつがれて、ひそかに生きつづけるのです。文字に歴史を残さないというのは、文字という高度な文明や技術を知らなかっただけのことではない。それは文字に記録されることで失われるものを、失うまいとする一つの決意ではないでしょうか。

この口伝による記憶の伝承という選択自体が、じつはすでに〈異端《ヘラシー》〉であると言っていいのです。〈カヤカベ〉の人々が文書化を拒否し、口伝を固く守るのは、そこに〈隠れ念仏〉の分派としての立場もあったことでしょう。しかし、彼らはただ世間の目を逃れ、体制の禁制をさけるためだけに口伝を選んだのではないと思います。口伝だけでしか伝えられないもの、いわゆる面授でしか成立しない信仰、その信仰の肉体性こそ重要だと無意識に感じるからではないでしょうか。

事実、〈カヤカベ〉には、個人に帰依《きえ》する〈知識だのみ〉の色彩が特徴的です。この〈知識〉というのは、ご存知のとおり一般にいう知識のことではありません。〈善知識〉とか、〈知識〉とか呼ばれる指導者がいて、その個人を崇拝する流儀を〈知識だのみ〉といいます。真宗では親鸞以来、きびしくその指導者帰依を糾弾《きゅうだん》してきました。八十歳を過ぎた親鸞自身が、みずから血を分けた息子、善鸞《ぜんらん》を破門するにいたる事件にも、この〈知識だのみ〉という問題がすけて見えます。

なぜ指導者崇拝が〈異端〉として排撃されるかといいますと、〈知識〉と呼ばれる指導者を、仏と同じようにあがめるのがいけないというわけですね。覚如《かくにょ》の『改邪鈔《しょう》』という書物は、真宗教団初期の〈異端〉と対決する〈正統〉の論拠を述べたものですが、その中に、こういう条《くだり》があります。

〈本願寺の聖人の御門弟と号する人々のなかに、知識をあがむるをもて弥陀如来に擬し、知識所居の当体をもて別願真実の報土とすといふ、いはれなき事〉

つまり、地方で仏法を説く指導者たちをあがめて、その個人がイコール仏でもあるかのように帰依するのがいかん、と。これはおそるべき〈異端〉であるぞよ、といましめているわけです。初期の真宗では、〈有念無念〉とか、〈一念多念〉とか、〈名号不同〉とか、そういった〈異端〉とともに、この〈知識だのみ〉という個人崇拝をきびしく批判しました。

当時から、それらの仏法を説く指導者たちの中には、深夜ひそかに法門の伝授をおこなう者たちがいたという。これを〈夜中秘伝〉といって、いわゆる〈秘事《ひじ》法門《ぼうもん》〉の異端といいます。そしてこの〈異端の宗脈〉が全国にひろがっていた時代があったことも、よく知られている事実です。

秘事法門というのは、親鸞にはじまる浄土真宗の正統からはずれた、〈異端〉の宗旨のことです。この傾向には大きくわけて二つのスタイルがあるといわれる。一つは、さきほどのべました〈知識帰命《きみよう》〉。これは指導者イコール阿弥陀仏として、個人に跪《き》拝《はい》するというもの。〈知識だのみ〉ともいわれます。すべての人間は自力では救われない愚かしくも罪ぶかき存在である、とする親鸞の思想から見ると、たしかに大きくはずれている。親鸞は、オレも駄目《だめ》な男なのだ、と言い切った人ですからね。権力者だろうと、大学者だろうと、仏の前ではみんなおなじだぞ、と。

もう一つは、〈一益法門《いちやくぼうもん》〉の異端といって、まあ、現世成仏《じようぶつ》論みたいなものですね。

信心をえたなら、即この世は浄土じゃ、信心をえたお前さんはもう仏さんなのじゃ、という発想。

この世でその身が仏になってしまえば、べつにあらためて仏を拝む必要もない。専《せん》修《じゅ》念仏もいらない。えらく楽ですよね。しかし、その即身成仏のためには一つの特別な儀式が必要であるという。信心をえる、というのは自力でできることではない、と。

そこで、特別な偉い坊さん、善知識ですね、その人から秘密の面授、ありがたく得難い秘法による洗礼みたいなものを授けられる必要がある。これはいいかげんに誰にでも授けていいものじゃない。真の仏になりたい選ばれた者だけに限って授けてもらえるわけですが、なにしろありがたい秘中の秘の大事な儀式とあって、深夜ひそかに人目をさけてとりおこなわれる場合が多かった。〈夜中秘伝〉とか、〈土蔵法門《おくらぼうもん》〉とか、いろいろいわれるのは、そのせいでしょう。

この〈異端〉とされた信心は、真宗教団成立の初期から、日本各地に広く流行していた。有名な蓮如の『御文《おふみ》』にも、

〈越前国にひろまるところの秘事法門といへることは、さらに仏法にてはなし。あさましき外道の法なり〉

とあって、これを信ずる者はながく無間地獄《むげんじごく》に落ちるぞよ、と、おそろしいことを言って、いましめています。また、三河《みかわ》・伊勢地方の秘事法門のことも、蓮如はきびしく批判している。しかし近世には、紀州、美濃《みの》から、京都をへて、深く東北にまで独自の信仰がひろがりました。あえて〈異端〉といわず〈独自〉といっておきます。

蓮如以後も、〈秘事法門〉とともに、真宗の〈異端〉の宗脈は、さらに真宗の範囲をこえて拡大してゆきます。

たとえば大分の国東《くにさき》半島では、〈帯解秘事《おびときひじ》〉と称される男女和合による成仏の秘事が江戸時代に分布しました。真宗の本山からみると、欲望のままに信仰をねじまげる淫祠《いんし》邪教のたぐいということになりますから、幕府と力をあわせてきびしく取締まることになるわけです。〈仏前にして、親子の儀を存ぜず、自他の妻をいはず、たがひにこれをゆるしもちゐるよし〉という表現が存覚の『破邪顕正抄《はじやけんしようしよう》』にみられるのは、当時の〈異端〉のなかには、今でいうスワッピングのような集団行為があったことを物語っています。

〈わが妻をば人にゆるし、人の妻をば我もちゐて、（中略）これこそ秘事法門の極位なり、なんどと号して、大事の肝要の法門をさづくるなんどと云《い》ひて、夜半に集り、

夜ふくるまで集りこぞりて、云々《うんぬん》〉

この『選正集』のなかの言葉も、おなじセックスにかかわる秘事がかなり流行していたことの証拠でしょう。

〈カヤカベ教〉と直接かかわりあいのない〈異端〉の例をここであげましたのは、特に真宗系の信仰、念仏の宗派のなかに、非常に古くから〈正統〉に対するさまざまな〈異端〉が存在していたことを申しあげたかったからです。

そのような〈異端〉を大きく分けますと、およそ三つにわかれるように思われます。

そのひとつは、〈隠れ念仏〉です。二番目は〈隠し念仏〉です。この〈隠れ〉と〈隠し〉の相違はとても大きなものですが、さらにもう一つ、両者が混合といいますか、重なりあい、入りまじったものがあることに注意したいと思うのです。

まず既成の仏教に対する〈異端〉としての法然、親鸞、などの出現。そして、それが旧体制を圧倒して大きな流れとなり、〈異端〉から〈正統〉の一つとしての地位をきずく。

そして、〈正統〉となった真宗、念仏の宗門は、みずからの中にあらたな〈異端〉を生む。

まるで細胞分裂のように、〈正統〉は〈異端〉を生み、その〈異端〉との戦いのなかに自己確認をくり返しつつ成長してゆくのです。

さて、この辺で、いわゆる〈隠れ念仏〉と、〈隠し念仏〉の対立・相関関係を考えてみましょう。たとえば〈カヤカベ〉は、〈隠れ〉なのか、それとも〈隠し〉なのか。また、その両者の習合した第三の宗脈であるのか。

そもそも一般にいうところの〈隠れ念仏〉とは、権力体制側からの禁制のなかで、みずからの信仰をひたすら守り抜こうという無垢《むく》の情熱が、地下水脈となって潜行するところから生じた集団です。

仮借のない政治的弾圧のもと、人々がその禁断の信仰を守りぬこうとすれば、そこには必ず殉教をともなう悲劇と転向、裏切りと偽装が発生します。〈隠れ〉ることで信仰を守りとおそうとする純粋な情熱は、しばしば為政者と教団政治の巨大な手によって翻弄《ほんろう》されざるをえません。〈隠れ〉がおのずと〈隠し〉にすりよってゆく動機のひとつが、そこにあります。政治体制から〈隠れ〉、さらに信心のよりどころである本山からも〈隠れ〉ざるをえない〈異端〉の二重構造が、そこにあらわれてくる。〈カヤカベ教〉にもその二重構造がうかがわれます。

そして、さらに在地の民俗信仰や伝統習慣が、外部から渡来した高度な宗教に〈隠れ〉て生きのびてゆく。

アニミズムもそうですし、シャーマニズムもそうです。その土地、その土地に、風土や民俗と結びついた古代からの信仰の記憶が生きつづけているのは当然でしょう。

これまでは、いや、現在でも、そのような生きた人間の歴史的記憶を、〈土俗〉などという恥ずべき表現で呼ぶことがあります。〈土俗宗教〉とか〈土俗信仰〉とかいう。

これは先住民のことを〈土人〉と呼んだ感覚と変わりありません。

かつて五百年前にキューバに上陸したコロンブス一行は、その島の先住民たちにキリスト教への改教を強制し、それにしたがわない反抗者の〈土人〉たちを火あぶりにして殺しました。そのことは記録が証言するとおりです。先住民たちは密林の奥ふかい洞窟《どうくつ》につどって、深夜の闇《やみ》にまぎれ、伝承してきた信仰をまもりつづけざるをえませんでした。

親鸞にはじまる浄土真宗は、わが国に例を見ないほど潔癖、かつ純粋な、論理的一神教を確立しました。そこでは念仏、聞法《もんぼう》、以外の宗教行為は、きびしく排除されます。呪術《じゅじゅつ》秘儀などへの接近は論外です。その意味では、まことに〈近代的〉な信仰といえるかもしれません。

つまり、前近代的なもの、土俗的なもの、非合理なもの、非人間的なもの、そういったいわば古代的なもろもろの存在を克服して、あたらしい信仰の道をきりひらいたところに、浄土真宗のすばらしさがあると言っていいでしょう。中世の闇の中では親鸞の思想や蓮如の言葉は光であった。目を射るような輝きがあった。ちょうどルネサンスのようなものです。

そして真宗は非合理な呪術、土俗的な秘儀、あやしげな法術や、シャーマンの存在などを断乎《だんこ》として否定し、近代的ともいえる整合性のある他力《たりき》の信仰をうちたてます。

しかし、しかしです。私たちはいま五百数十年前のルネサンスが確立した人間中心主義、個我の確立と合理主義の思想に、ようやく再検討の目をむけはじめている。ヒューマニズムと科学的思考の限界が、はっきり見えてきつつあるからです。

近代が〈土俗〉として切り捨てたものは、はたして恥ずべき無用のものであったのか。いや、〈土俗〉という表現にひそむ近代主義そのものが、いま問われつつあるのではないか。

多様な信仰や、風土的な慣習が混入した宗教を、シンクレティズムのひとことで排除していいのか。限りなく純粋であることへの思慕《しぼ》と、雑行への蔑視《べっし》は、どこか国つ神に対する天つ神の優越の中央集権思想と重なりあっていはしないか。

仏教の思想は、本来、ルネサンスの人間中心思想をはるかに越えています。仏の前では、命あるものはすべて平等である、と。殺生《せっしょう》をいましめる思想は、人間が地上の王であるという優越感とは無縁であるはずでしょう。森も、木も、虫も、山も、川も、岩も、鳥も、雑草も、すべて仏の前では平等であると考えていい。

そうなると、岩にも命があり、山にも心があり、樹《き》にも、虫にも、意志があるということになる。そして、それらの声なき声をきくことも、また、他力の導きと思われてくるのです。いわゆる〈土俗信仰〉の根のところに、これまでアニミズムのひとことで裁断されてきた大事なものが隠されているのではないか。それを蔑視するだけでいいのか、と。

話が本筋をそれました。ここで再び〈隠れ念仏〉の話にもどりましょう。

いわゆる〈隠れ念仏〉の発生は、一般には政治権力の一向宗《いっこうしゅう》禁制にはじまります。キリスト教が禁教とされたことから〈隠れ切支丹《キリシタン》〉がうまれるのと同じようなものです。公《おおやけ》の御法度《ごはっと》とされた宗派を捨てない者は、弾圧され、殉教するか、あるいは偽装転向して地下にもぐるかしか、選択の道はありません。

純粋な〈隠れ念仏〉、という言いかたはちょっと変ですけど、いわばオーソドックスな〈隠れ念仏〉としては、九州薩摩《さつま》の島津藩内の例が有名です。しかし、九州における〈隠れ念仏〉集団は、鹿児島だけでなく、九州山間部の山ひだに寄りそうように広く深く〈隠れ〉の宗脈をひろげていました。

たとえば熊本の〈隠れ念仏〉の全貌《ぜんぼう》を精緻《せいち》に照らしだした名著として、民俗学者、米村竜治氏の『殉教と民衆』（同朋舎出版刊）があります。この本を読めば、いわゆる〈隠れ念仏〉の信徒集団が、ただ九州南部の特異なケースではないことがよくわかります。米村氏の立場は、政治権力の弾圧に抗して地下へもぐった〈隠れ念仏〉は、どこまでも普遍宗教としての念仏＝真宗を正統的に継承するものであるとし、一方、〈カヤカベ教〉のような例を、呪術秘儀という土俗へみずから下降し、密儀集団へ転落したものであるとする点で、ぼくよりはるかに正統的であると言っていいでしょう。

しかし、その点の立場のちがいを超えて、『殉教と民衆』には教えられるところが非常に多くありました。もし、柳田国男がいま生きていて、米村竜治氏の案内で九州山間部を歩いたとしたら、どんなショックを受けることでしょうか。それとも嫌《きら》いなものは見たくないと、あくまでその視野を文学的に構成し、米村氏とはまったく別な物語を書くでしょうか。

ところで、念仏の宗教、昔は真宗とか浄土真宗とかいわずに〈一向宗〉と呼ばれていたそうですが、その親鸞を開祖とし蓮如を中興の祖とする一向宗が、徹底して禁圧された土地の第一は、まず薩摩の島津藩でした。北条《ほうじよう》氏や上杉氏などの戦国大名も一向宗を弾圧しましたが、それは一過性のものです。そこには思想というよりも、政治的マキアヴェリズムが働いていたようです。しかし、島津藩の禁圧は、それらと全くちがいます。その断乎たる禁制は藩政の基盤として、江戸時代を通じ明治初年におよぶ一貫したタブーでありました。

この念仏の宗派、すなわち一向宗（真宗）を禁教としたのは、島津藩のみではありません。現在の熊本の小藩であった相良《さがら》藩においても、島津家とおなじように、きびしい一向宗禁制がおこなわれました。

そもそも九州に一向宗が伝わった時期については、さまざまな考究がなされています。しかし、仏教の半島からの伝来を、何年と定めるのと同じやりかたの年表式歴史観を、ぼくは好みません。正式に記録される以前から、地下水がしみ出るように文化は目に見えない薄暮のなかをしみ通ってきて、あるとき具体的な事実や記録として不意に歴史の舞台に登場するのです。

漠然《ばくぜん》としたいいかたですが、一向宗はおおむね十五世紀の後半、蓮如の晩年期から十六世紀の初期にかけて、じわじわと九州にも滲透《しんとう》していったと考えていいでしょう。文書や、本尊や、資料として表われてくるのは、現実がある程度すすんでからのことですから。

相良藩が、いつ念仏禁制を決定したかについても、諸説がありまして、一般には大藩島津家に近隣の小藩である相良家が同調したと見られがちですが、どうやら事実はそういう単純なことではなさそうです。

この念仏禁止は、正式には一五九二年に布令が薩摩で出されている。しかし、ぼくはお上の布告より先に、現実の情勢が先行するという考えかたですから、その発布の日をもって念仏禁止の出発点とは考えません。一向宗に対する現地の役人や、また既成教団や、学者思想家たち、さらに民衆レベルにおける反撥《はんぱつ》、攻撃、テロ、あるいは反対運動の自然発生が、メタンガスの泡《あわ》のように各地方でボコッ、ボコッとおきていたにちがいないのです。その後に、藩政を動かすエスタブリッシュメントのあいだで論議がかわされ、明確な政令としての禁教が公布される。政治権力は常に情勢を見ますからね。十分にタイミングを計って布告や、取締まりや、粛清がおこなわれるのです。政令の布告に先だっては、必ずスパイによる挑発《ちょうはつ》事件、フレームアップを計画するのが定石でしょう。それによって世間や人心を動揺させ、弾圧のきっかけを作る。米村氏の引く資料によれば、永禄《えいろく》九年（一五六六年）に、〈霧島参。庄内衆三百人焼死す。一向衆也《なり》〉という文があるそうです。

ここで、〈霧島〉という地名が、ちらと出てくることに注意をひかれます。なんとなく、アブない、アブない感じがする。例の〈カヤカベ講〉の分布が、霧島山麓《さんろく》にひろがることを思いおこすからです。

話が道草をくいすぎるので、元にもどしましょう。いずれにせよ、十五世紀末から十六世紀にかけて、一向宗は九州につたわりました。そして、その信徒の数がますにつれて、体制側の警戒心も深まってゆきます。

一向宗には、三つの牙《きば》がありました。ひとつは思想的な牙。ふたつめは政治的な牙。三つめは経済的な牙です。

思想的な牙は、一向宗の名のしめす通りです。本来、阿弥陀如来一仏をたのみ、四民平等の救済を信ずる徹底した一神教なのですから。その開祖、親鸞の言葉をそのまま素直にきけば、たとえようもなくラジカルに響きます。〈国王に向ひて礼拝せず、父母に向ひて礼拝せず〉と彼はいう。

〈忠義〉も〈祖先崇拝〉も、ともに封建制度の土台となるモラルです。さらに殿様も百姓も、罪ぶかき人間として、共におろかなる存在であるとするのですから大変です。くわえて親鸞の思想の根本には、一処不住の志があります。念仏の信仰を守りぬき、どうしてもそれが不可能な場合は、仏縁つきたりと考えてその地を捨てよ、と、教えるのです。これはいわば逃散《ちょうさん》のすすめであり、流民としてアウトキャストせよ、と言っていることと同じでしょう。口分田《くぶんでん》の昔から、良民とは一処定住の民草《たみくさ》のことでした。農奴制《のうどせい》ロシアの集団逃亡者たちがコサックです。一処不住の流民たちが定住農民と共に念仏の旗のもとに大集合したのが、一向一揆《いっき》という百年コミューンです。

このような一向宗の根本思想は、支配者側にとっては、戦慄《せんりつ》すべき危険思想にほかなりません。一向宗と封建体制とは、もしも本音で対するならば真正面からクラッシュするしかないと言っていい。

第二に一向宗の政治的側面について、手みじかに触れておきましょう。一向念仏の信徒は、〈自信教人信《きょうにんしん》〉の同朋《どうぼう》です。つまり孤独に一人荒野をゆく信仰者ではなく、〈聞法《もんぼう》〉、つまり法話を聞く、語りあうことによって信仰をえ、それを深め、みがいてゆく。「集まってしゃべろ。法を語りあえ。しゃべらん奴《やつ》はすくわれんぞ」とまで蓮如は言うのです。二人が三人、三人が五人、物言わぬ底辺の民衆がしだいに口を開き、議論をし、さらに集団化してゆく。ここに一向宗の本領があると思われる。

つまり、一向宗の信徒は、ただ念仏をとなえるだけでなく、おのずから徒党を組む。団結する。集団化、組織化するといってもいいでしょう。一人では一向宗は成りたたないのです。同朋、同行の仲間と共に弥陀《みだ》の絶対的救済を信じ、その信仰を深めてゆく。集まって語りあう。人に働きかけ、座をつくり、法話を聴く。

そのグループのことを〈講〉といいます。地域の〈講〉と〈講〉の連帯は、おのずから大きな地下の宗脈となって広がってゆく。つまり封建体制のもとで、もう一つの王国がかたちづくられるわけです。

その連結は、藩や、国や、地域をこえて、宗教的ネットワークを形成します。

「弟子ひとりももたず」と願った親鸞とても、まったく孤独の宗教家ではありえませんでした。「寺はもたず」といえども、道場はあったはずです。農家のいろりばたで弘法《ぐほう》を説けば、そこが見えざる寺となる。その教えを守り、信じ、一向に弥陀に帰依《きえ》すれば、それは魂の弟子と言えるでしょう。

その連帯は、為政者にとっては恐るべき敵対者と感じられるはずです。情報のネットワークとしても、危険な存在です。まして、十五世紀末には、北陸の一向門徒らは巨大な勢力となって支配者を倒し、〈百姓の持ちたる国〉と称される宗教共和国を加賀地方に打ち立てました。坊主《ぼうず》と、農民、流民、地侍らの連合軍は、カトリックに支持されたワレサの〈連帯〉のごとくに体制をゆるがし、ついに権力を奪取するにいたるのです。

この巨大な一向一揆の成功は(あえて成功といいます。ソ連共産主義体制は七十五年、フランコの軍事政権は半世紀も続きませんでしたが、北陸加賀の宗教コミューンは、百年ちかく存在しえたのですから)、全国各地の支配権力を震撼《しんかん》させました。〈蓮如、兵を蓄《たくわ》へ客を招きてより以来、四方の巨刹《きよさつ》、各々倣《なろ》ふて党を樹《た》て、自ら一揆と号す。一揆の害、にはかに諸道に徧《あま》ねし〉(『求麻外史』《殉教と民衆》より)というわけです。

百姓が共同体をつくり、国境をこえた連帯のイデオロギーによって統合されるなどとは、おそらく領主たちにとって想像もつかない厄介事《やっかいごと》だったにちがいありません。ましてや体制を実力でくつがえす力を秘めているとなったら、彼らは現実の強敵です。

徳川幕府は、この念仏王国の隠された巨大なエネルギーを、力でもって弾圧することを避けました。切支丹は弾圧できても、蓮如以後の本願寺を叩《たた》きつぶし、一向宗の信徒を根だやしにすることは不可能と、老獪《ろうかい》な政治的判断をくだしたのでしょう。

そして、むしろ本山を頂点とする宗門のヒエラルヒーを利用し、政治的な取引きをおこなうことで幕政の基盤を固める方向へシフトしました。

いわゆる〈真俗二諦《にたい》〉という教団側の二元論を逆用することで、一石二鳥の道を選択したのです。宗門の側にも、すでに一向一揆の百年戦争を戦いぬいたエネルギーは失われていました。「心に仏法、額に王法」という現実戦略をとるしかなかったのでしょう。この二元論は、中興の祖、蓮如の発想であるとされています。しかし、ぼくはそうは思いません。蓮如は一向宗の開祖、親鸞のもう一つの顔であると考えます。

越後をはなれ関東へ移った親鸞は、ふたたび短期間におどろくべき巨大な帰依者《きえしゃ》を獲得します。親鸞在関中の教化者、すなわち念仏を信じる魂の同行者たちの数は、末端の家族なども加えると少なくみつもっても十万人はいただろうと笠原一男氏は推定されています。これは当時としては大変な数です。彼に出会ったことで念仏の道にはいった人々のことを、親鸞自身は〈わがはからひにて〉はあらず、〈弥陀の御《おん》もよほしにあづかり〉たるなりとしました。そう親鸞が思ったとしても、現実に同行の先達である親鸞を信仰上の父とし、兄としてしたう信仰者の集団が地下水のように関東の地に浸透していくのです。みずから親鸞の弟子、孫弟子、心の弟子と思う信徒たちを、彼は〈わがはからひにてはあらず〉と突きはなすことはできません。彼が京都から関東の信徒たちにあてた手紙、消息のなかには、すでに蓮如に先だって、こう書かれているのです。

〈(前略)念仏まふさんひとびとは、わが御身の料はおぼしめさずとも、朝家の御ため、国民のために、念仏をまふしあはせたまひさぶらはゞ、めでたふさぶらふべし。(後略)〉

みずから念仏に帰依できたのちは、国家、国民のためにも念仏せよ、という彼の言葉のうちに、すでに蓮如の思想が孕《はら》まれていると乱暴なことを言えば、多くの人々の憫笑《びんしょう》をかうだけでしょうか。

ぼくがここで何を言おうとしているかといえば、つまり一向宗の思想そのものが、本来その出発点からして政治や国家体制と相容《い》れないものだということです。浄土真宗の信仰は、それ故《ゆえ》にこそ徹底した純粋さで現世の悩み多き大衆の心を、ぐいとひと摑《つか》みにつかんだのでした。しかし、〈詩〉は舞踏であり〈散文〉は歩行だ、という表現に託していえば、聖《ひじり》として流亡の人生をひとり歩める人間なら逃散に逃散をかさねて生きる道もあるでしょうが、常民にはそれは不可能です。

と、すれば、〈隠す〉しかない。一向宗の信仰とは、本質的に現世において〈隠す〉ことをさけられない信仰でした。

〈仏法をふかく信ずる人をば、天地におはしますよろづの神は、影の形にそへるがごとくして、まもらせ給《たまう》事にて候《そうら》へば、念仏を信じたる身にて、天地のかみをすて申さんとおもふ事、ゆめゆめなき事也〉

というのは、やはり親鸞の消息文です。それは、

〈まづ、よろづの仏・菩薩《ぼさつ》をかろしめまゐらせ、よろづの神祇《じんぎ》・冥道《めいどう》をあなづりすてたてまつると申事、この事ゆめゆめなき事也〉

と、書き出されるのですが、これが蓮如の言葉になると、さらに具体的なものとな

ってきます。

〈(前略) 王法をもて本とし、諸神諸仏菩薩をかろしめず、また諸宗諸法を謗《ぼう》せず、国ところにあらば、守護地頭にむきては疎略なく、かぎりある年貢《ねんぐ》所当をつぶさに沙《さ》汰《た》いたし、そのほか仁義をもて本とし、また後生のためには内心に阿弥陀如来を一心一向にたのみたてまつり (後略)〉と。

この〈内心に阿弥陀如来を一心一向にたのみたてまつり〉という表現は実に微妙です。

口に出して念仏するな、というわけですからね。信仰は内に秘めよ、という。ここにすでに〈隠れ〉と〈隠し〉のありようが感じられます。こういう教えを忠実に守る門徒なら、為政者にとって、一応は問題はないはずです。内心はともかく、法律や習慣を大事にし、他宗と争ったりしない。領主や支配者に対しては従順にしたがい、税金や年貢はちゃんとおさめるようにつとめ、そのほか義理がたく礼儀正しくつとめる。こういう百姓なら、べつに文句はないでしょう。あとは何かの折に彼らの内心が集団行動となって発露しないよう、きびしく監視しておけばいいのですから。

徳川幕府は、一向門徒の内面にまで踏みこまない、という姿勢で宗門と同盟しました。魂の問題には目をつむろう、ただし、社会的行動は領民としての分を固く守れよ、ということです。いや、本当のところは、政権と手をむすぶことで、魂も空洞化《くうどうか》すると見ていたのかもしれません。そこにはしたたかな現実主義者の判断と、政治家の思いあがりがあります。

しかし、島津も、相良も、幕府にくらべ、はるかに真正直でした。いや、むしろ親鸞＝蓮如の思想の本質を鋭く見抜き、その教えの凄《すご》さに打ち震えたのかもしれません。彼らは一向宗の信仰の論理を、真正面から理解し、それを受けとめたのです。そこには為政者の側にも、九州人の血の熱さが感じられる。彼らは魂の底から一向宗の魅力と念仏の輝きを感じとったのではないでしょうか。要するに、判《わか》ったのです。これは凄いものだ、と。そして理解したのです、この一向宗の論理は、藩の土台である封建思想と本質的に相容れないものである、と。北陸に一向宗の王国が成立したのも当然だ、と。念仏はそれだけのエネルギーをもったおそるべき信仰なのだと直観的にさとり、そして判った分だけ恐怖したのだと思います。そしていちはやく断乎《だんこ》たる禁教の姿勢をとった。つまり民衆の内面を軽く見ることをしなかった。

島津と相良では、かならずしも動機は同じではないでしょう。

両藩はそれぞれあい前後して一向宗(真宗)を国の禁教としました。島津は徳川幕府との緊張関係のなかでの政治的・軍事的な側面がつよく、相良藩においては思想的・経済的要因が濃厚であるといった相違はあります。しかし、ともに独自の判断によって、念仏禁制をきびしく施行したのです。

いわゆる九州の〈隠れ念仏〉は、そういった支配体制の念仏弾圧のなかから発生しました。異端とされた門徒らは深夜ひそかに集まって念仏し、地下講の組織を横につなぎ、さらに国境をこえて京都の本山と濃密な連帯を誓います。表むきは忠実な領民として分をつくし、裏面では一向門徒としての忠誠を本山にささげるのです。苛烈《かれつ》な弾圧のさなか、辺境にあればあるほど、中心への帰属意識は心中に熱く燃えさかります。本山への忠誠は信仰の正統のあかしであり、そのあかしは布施《ふせ》行《ぎょう》として結晶する。苦しみのなかからわずかな金や物を集め、それを本山へ送金することが、彼らの正統意識を支える象徴的な行為となります。大凶作や、大飢饉《だいききん》がしばしば当時の日本列島をおそいました。九州も例外ではありません。言語に絶する悲惨のなか、それでも〈隠れ念仏〉の組織からは貧者の一灯ともいうべき浄財が本山へとどけられます。それは文字どおり、てのひら一杯の米や粟《あわ》、豆などを集め、それを営々とたくわえて金にかえた血と汗の代償です。

一方、本山はそのような九州の〈隠れ念仏〉の門徒を、奇特な者よとねんごろに扱います。それは当然でしょう。彼らは真宗正統の門徒として命がけで辺境に信仰の火をともしているのですから。

しかし、カトリックの大本山ヴァチカンと、本願寺とは、正反対の姿勢をとりました。ヴァチカンがポーランドの軍事政権から弾圧されているカトリック信徒や教会に、物心両面の強力な支援をあたえつづけたのは、よく知られている事実です。〈連帯〉が地下にもぐっていたあいだ、ヴァチカンの指令をうけたカトリック教会は、地下組織や、反政府ゲリラのアジールとして、また前進基地として危険な支援活動をつづけました。いわゆる〈闘う教会〉と呼ばれるのがそれです。

一七五〇年代、本願寺は親鸞聖人の五百回忌法要へむけて阿弥陀堂の再建をはかり、全国の門徒に一大募財を布達しました。九州の〈隠れ〉門徒たちにも、その知らせはとどきます。弾圧にあえぎ、飢饉に苦しみつつも、地下の講を守りつづけていた人々は、勇躍その募財に協力を誓いあいます。彼らにとって、明日なき日々の中にあればあるほど、浄土への憧《あこが》れと弥陀の救済は切実なものとなります。血を求められれば血を、肉を求められれば肉を、わが身を切りさいてでも喜んで本山の求めに応じたにちがいありません。

こうして九州の講のなかでも最も大きな組織をもつ〈仏飯講《ぶっぱんこう》〉から、ひそかに代表が京都へむけ、〈隠れ信徒〉の上納懇志の金子《きんす》をたずさえて脱出しました。その奇特な浄財を受けとった本願寺は、丁重な御印章（領収書）をわたして九州信徒にはげましのメッセージを送ります。

献上金はたしかに頂いた、という文章のあとに、こう続きます。

〈かねて各法義の志深きゆへ、御本山渇仰《かつごう》の恩浅からず神妙に思召《おぼしめ》され候《そうらえ》。（中略）此信決定の上、外には公儀の掟を堅く相守、云々。（後略）〉

今後ともますます「外には公儀の掟《おきて》をしっかり守って」、内には念仏称名を忘れないように、と教えさとしているのです。

この上京した代表者は、帰途、熊本県の山鹿《やまが》で捕えられ、死罪に処せられます。山鹿というのは、福岡県のぼくの旧本籍の辺春《へばる》村と隣接した鹿本《かもと》郡の温泉町です。ぼくはよく自転車で小栗峠《おぐりとうげ》という峠をこえて、山鹿に遊びにいったものでした。もちろん山鹿は肥後で相良藩ではありません。しかし、この逮捕劇を見ても、体制側の念仏弾圧が国境をこえて広く行われていたことがわかりますし、逆にいいますと〈隠れ念仏〉の講の組織も一国一藩の枠《わく》からはみ出して九州各地に浸透していたと考えるほうが自然ではありますまいか。

さっきお話ししましたとおり、ひょいと福岡県から自転車ででもいける場所に、摘発の網がはられていたのですから。

敗戦後の昭和二十二、三年頃、ぼくの父親は肥後との県境である小栗峠を中心に、武家の商法さながらの闇《やみ》ブローカーをやっていた時期があります。

闇商売というのは、当時、経済統制令で統制下にあった商品を、ひそかに横流しし、売買することです。たとえばカーバイトとか、アルコール類、それに米などがありました。

そういうものを県境をこえて運ぶには、正式の国道は使いません。熊本県側から福岡県側へ持ち出すためには、山中にいくらでも人の目につかない間道があったのです。

禁制の信仰を守る〈隠れ〉の人々は、名号とか、本尊とか、経典とか、また証拠になるような書き付けとか、そういったものは、隣藩の知りあいや親戚《しんせき》の家にひそかにあずけたと聞いています。講の集まりも、ときには藩境をこえて催されたにちがいありません。深夜、山中で行うだけでは、発見される可能性もあったからでしょう。

こうして〈隠れ念仏〉の組織は、信じられないほど広範囲に連帯のきずなを作りあげるにいたりました。九州山地にそって、熊本、宮崎、鹿児島とつらなる地下のベルトが形成されていたのです。この人々は体制の側から見ると〈異端〉ですが、宗門の立場からすると、際立《きわだ》った〈正統〉です。迫害に屈せず念仏の火を守りつづけ、本山に限りない思慕の情をよせる〈正統中の正統〉です。この地下の王国が明治にいたるまで、三百数十年以上も信仰を守りつづけてきた事実は感動的です。

しかし、それと裏腹に、〈隠れ〉から〈隠し〉へと変化していった地下の宗脈もありました。政治的な外圧からだけでなく、〈隠す〉ことをひとつの信仰のあかしとするグループです。ここまで申しあげれば、最初にお話しした〈カヤカベ講〉などのことを思い出されるでしょう。

〈カヤカベ講〉は、明治になって念仏、真宗の禁教が廃止されたのちも、ながく白日のもとに姿をあらわすことをしませんでした。

〈隠す信仰〉は、戦後になって、ようやく少しずつその姿をかいま見ることができるようになってきたのです。

それは全体として〈カヤカベ講〉の組織が減少して、信徒もへり、グループとしての結合力が衰微してきた結果なのであって、決して〈隠し〉の本質を放棄したからではありません。〈カヤカベ講〉の人々が、龍谷大学の学術調査に際して、緊急の秘密集会をひらいて対策をねったといわれるのも、本願寺の折伏《しゃくぶく》がくる、と、受けとったからだと聞きました。それだけ、彼らの〈異端〉意識はつよかったのです。〈カヤカベ講〉の人々も、心の中では念仏に帰依する真宗の信徒であることに変わりありません。彼らも自分たちの宗教が、親鸞聖人と本願寺から伝承された真宗としての浄土信仰であると信じていました。親鸞、蓮如の命日を精進日《しょうじんび》とし、絶対に肉食せず、『正信偈《しょうしんげ》』を誦《じゅ》するのもそのためです。

しかし、西本願寺系の龍谷大学の学術調査の報をうけて、講の緊急集会をひらくというのは、どういうことでしょうか。そもそも〈カヤカベ講〉も、西本願寺系とみなされているのです。

ここには、本山への帰属意識とともに、また明確な〈異端〉の自覚が作用していたのではないかと考えられます。すなわち〈カヤカベ講〉の人々は為政者権力に対して〈隠れる〉信仰を保持すると同時に、〈正統〉の〈隠れ念仏〉の門徒や、本山に対しても〈隠す〉ものがあったと考えられます。つまり〈カヤカベ講〉は、〈隠れ念仏〉でありかつまた〈隠し念仏〉の宗派でもあるという、異端の二重構造をもっていたと思うのです。

なぜ彼らが本山に〈隠す〉ことがあったか。それは、〈カヤカベ講〉に、他の正統的真宗門徒とちがう、独自の方向があったからでしょう。いくつか例をあげてみます。〈カヤカベ講〉の信仰には、正統的な真宗が否とする他の宗教の影響が見られます。その一つは、神道《しんとう》的なものとの習合です。地元の霧島神宮への参拝行事については、前にお話ししました。それは島津藩の真宗禁制の目をくらます偽装の行動であるとも一般から見られていました。しかし、本当は必ずしもそうではないのではないか。人はその風土に根ざした民俗信仰を何千年も保って生きてきました。聖なる山への信仰は、単なるアニミズムではありません。またアニミズムも、宗教以前の低次元の土着信仰ではないのです。宗教に進歩や発展というものは、決してないとぼくは思います。そのような共に生きてきた自然への尊崇や畏怖《いふ》は、人間の自然な宗教心のひとつです。大隅《おおすみ》・薩摩国境附近の人々の霧島山への信仰は、霧島神宮への敬意と結びつき、それは霧島山麓《さんろく》に生きる人々の心の深部に生きつづけていたのでしょう。阿弥陀如来《あみだにょらい》↓伊勢大神宮↓霧島神という、独特の系譜を語りついでいることは、そのなにによりのあかしではないでしょうか。神道を偽装して生きるだけなら、そのような論理づけは全く必要ないのですから。

世を忍ぶ仮の姿、としての〈神道霧島講〉の人々の心の深いところには、霧島山、そしてその山に宿るカミへの崇拝心が根強く生きていたのではないか、というのがぼくの推論です。

ストイックな一神教としての一向宗＝浄土真宗の正統は、弥陀一仏の信仰です。しかし、〈カヤカベ講〉の宗門では、霧島神の〈託宣〉を大事にします。その矛盾を解決する理論が、伊勢＝霧島の神は阿弥陀仏の垂迹《すいじゃく》（変身）したものとする教えでしょう。山川草木《さんせんそうもく》すべてにカミが宿り仏が生きるという感情は、決して原始宗教とか土俗信仰とかいう言葉で、あっさり切り捨てていいものではありません。

この神道との心の結びつきを、みずから〈正統〉の真宗ではないと感ずるとき、体制権力に対するのと同様に〈正統〉への異端意識が生じるのではないでしょうか。〈神仏習合〉というのは、江戸時代はともあれ、本来の一向門徒のありかたとはされていないのですから。

もし、〈カヤカベ講〉の人々が、単なる偽装神道の徒にすぎなかったのなら、それは親鸞＝蓮如の「諸神諸菩薩をかろんずべからず」という教えを忠実に守る正統的〈隠れ念仏〉の一派として、みずから任ずることになったでしょう。しかし、実際には、念仏に帰依《きえ》しつつも、カミ＝霧島山への尊崇の心を保ちつづけていたにちがいありません。霧島神への思慕を捨てきれず、毎年の参拝行事を上べだけのものと称したところに、〈隠れ〉と〈隠し〉の二重に屈折した複雑さが見え隠れすると言えば、小説作者の妄想《もうそう》と呆《あき》れられるでしょうか。

さらにまた、シャーマニズムとの深い結びつきが〈カヤカベ〉にはあります。さっき言った霧島神の〈託宣〉も、そのひとつです。

わが国では、死者の声や冥界《めいかい》からの便りを現世の人々に伝える専門家が、各地に古くから存在しました。現在も数多くいます。有名な恐山《おそれざん》のイタコの人たちもそうです。ぼくはある年の夏の大祭の折、イタコに亡弟をおろしてもらいましたが、料金は五千円でした。恐山の山門の横には何十人というイタコが小屋がけして、その前に列をつくる近郷の人々で大へんなにぎわいでした。この〈仏オロシ〉は、いまでも地方・都会にかかわらず、広く行われている習俗です。秋田で〈アサヒ〉と呼ぶ健常者の巫女《みこ》もそうですし、西日本でも、南日本でも弓をつかう口寄せが、十九世紀まで行われていたそうです。

龍大調査班のレポートのなかで、高取正男氏が紹介されている菅江真澄《すがえますみ》の紀行のエピソードなどには、どこか現代のぼくらの心を静かに打つものがあります。ぼくは数年前から北海道の江差《えさし》を訪れる機会がしばしばあり、そこで教えられた菅江真澄の紀行に、一時期すっかりいかれてしまったものでした。

十八世紀の末から十九世紀のはじめにかけて、四十年以上も東北日本の奥《おう》・羽《う》の農村を巡歴した菅江真澄は、『遊覧記』の「小野のふるさと」の中で、死者の口寄せをする梓巫《あずさみこ》のことを書いています。高取正男氏はその辺の話を、こう要約されていました。とても美しい文章なので、引用させていただくこととしましょう。

〈(前略) 梓巫の住む家は柳の小枝に糸をかけたのを戸口に挿《さ》し、それをしるしとしている。人々はそれをめあてに尋《たず》ねていき、あの世に旅立った肉親の霊をよんでもらい、泣きながら集って口寄せを聞いている。彼岸の日に村里の道を歩いていると、小さな藁葺《わらぶき》の家でもの音がして、人々がたたずんでいる。なにかと思って中をうかがうと、梓巫が弓の弦《つる》をはじきながら亡《な》き人の言葉をあたかも傍《かたわら》にいるかのように語り、行末のことも予言するので、人々は涙をこぼして聞入っていたというのである。同じ時期の西南日本の薩《さつ》・隅《ぐう》の農村でも、これと似た信仰風土をもち、同じようなことが行われていたといってよいであろう。〈(後略)〉

〈カヤカベ講〉にも、冥界からの死者の通信を重要視する習慣がありました。この通信は、〈善知識〉または〈親元〉と呼ばれる吉永親幸という人物から発せられ、吉永家は代々〈権現《ごんげん》〉〈親元〉と呼ばれて尊崇の対象となってきました。

〈カヤカベ講〉では、宗祖をミヤハラ・シンタク、またの名を宗教坊《しゅうきょうぼう》という鹿児島の人とし、さらに中興の祖を吉永親幸として、親鸞と蓮如のような感じで尊崇します。親幸は神格化されているといってもいいほど大切にされているらしい。この〈善知識〉〈親元〉への帰依のしかたに、真宗が批判する〈知識だのみ〉の傾向を見ることができるようにも思います。

また、宗祖の宗教坊は、もと山伏であり、神道にも深く通じていたと伝えられますから、幕末の宗派神道勃興《ぼっこう》の影響は抜きにしても、そもそも当初から、霧島神道、または修験道に通ずる回路はあったと考えてもいいのではないでしょうか。

この〈カヤカベ講〉の勤行が深夜におこなわれるのは、〈隠れ念仏〉の立場から当然でしょう。お上の目につかぬように、ひそかに集まる必要があるからです。しかし〈カヤカベ講〉は次第に、権力体制の念仏禁止令という外的な圧力による秘密保持の立場からだけでなく、少しずつ自発的な〈隠す〉要素をつよめてゆくことになります。宗派に独特の勤式が伝承され、〈正統〉の一向宗の教義からは〈異端〉とも見えるさまざまな儀式を行うようになってゆくのです。

「仏さんにお会いするのは、晩の十一時からさき」

という深夜勤行は、明治になって念仏禁制の重い鎖が断ち切られたのちも、なおそのまま残りました。もし、権力の禁制から〈隠れ〉るだけなら、宗教信仰の自由が認められたと同時に、歓喜の声をあげて地上へ姿をあらわすのが当然でしょう。しかし、深夜の儀式は昭和にはいってからも、戦後でさえも、なお続行されたようです。

礼拝には名号や仏像をもちいない。先祖棚《だな》や神棚などを前にお勤めをする場合もあり、なにもない壁にむかって行うこともあるそうです。なにも置かず、飾らない床の間にむかって拝むのですが、電灯は消し、ローソクも使わない。薄暗い種油の灯火のもとで、服を和服にあらため、口をすすぎ手を洗い、ユリ念仏をとなえて前後に体をゆする。

「ナーモ」「アーミ」と声に高低をつけ、終わりの「ダブツ」は波をざぶりとかぶるようにとなえる、と、千葉先生は書かれています。こうして哀調をおびた深夜の念仏が続くうち、参会者の気分は徐々に高まって熱をおびてゆく。「おつたえ」という口伝が語られるときは、話し手が一句切りつくたびに、「ハイ」と合点をうつ役がいる。低いおつたえの口誦《こうしょう》と、時おり「ハイ」と答える声以外はしんと静まり返って、夜が白むまでお勤めが続くといいます。

もし、途中で〈カヤカベ〉以外の人が来たりすると、灯火が消され、お座が中断する。来訪者が帰ると、再びお勤めが再開される。

一般には獣肉を食べず、牛乳を飲まない。戦後に〈カヤカベ講〉がはじめて知られるきっかけになったのも、その独特のタブーのせいだったことは、前にお話ししました。

こうして見てきますと、〈カヤカベ講〉の人々が明治以降も、なお〈隠れ〉の宗脈を守りつづけてきた理由が、すこしずつ納得がいくような気がしてきます。〈隠れ〉から〈隠し〉への傾斜が、おのずと生じてきたのでしょう。

そこにあるのは、意識するとしないとにかかわらず、念仏解禁以後も残りつづけた〈正統〉に対する〈異端〉の感覚ではないでしょうか。もちろん、〈カヤカベ〉の人々にとっては、それは内的な屈折したものであって、心の中では「われこそ真の正統なり」と自負しつつも、世の正統宗門の立場からは自分たちがどのように見られているかを計る気持ちが、〈隠す〉姿勢を保たせつづけたとぼくは思うのです。

なぜならば、〈親元〉あるいは〈善知識〉への尊崇は、正統真宗の否定するところの〈知識帰命《きみょう》〉にきわどく近接していますし、また、〈冥界通信〉を重んずる風習や、病気快癒《かいゆ》の祈禱《きとう》加持にちかい〈オサエ〉などという儀式が、現世利益《げんぜりやく》を肯定する傾向を示す点などで、正統的な立場からは〈逸脱〉とみなされるであろうことを、〈カヤカベ〉の人々自身が感じていたはずだからです。

さらに、〈カヤカベ〉と霧島神道との習合を指摘する人や、親鸞聖人のミイラ伝説などに修験道の要素を見る学者もいます。こうして、正統的な真宗からは、〈カヤカベ〉は、一種特異な存在として眺《なが》められているというのが現状でしょう。例えば、次のようなことがしばしば言われます。

〈霧島山を中心とする在地土着の神祇《じんぎ》信仰が仏教化したうえで浄土真宗の教義にふれ、

これと習合することで成立したもの〉

また、

〈真宗門徒が禁圧をうけて潜伏しているうちに、変形・土俗化したもの〉

さらに、

〈禁教下における潜行にもとづく隔絶と孤立により、地縁性にもとづく夾雑《きょうざつ》と変容とをきたした特異な念仏門徒〉

〈固有の山岳信仰を中心とする在地の神祇信仰が中世を通じて仏教化し、幕末の神道興隆とともに伊勢・霧島神宮へ接近したもの〉

〈広く近世の農村社会に一般的に存在した民俗信仰そのものに多く依拠した真宗系集団〉

などと、さまざまな表現が見られます。

つまり、このように〈カヤカベ講〉のありかたに関しては、いわゆる正統的な宗門の立場からは、〈異端〉そのものではないにせよ、一種の〈逸脱〉と見られてきたことはたしかでしょう。

前にのべました〈仏飯講《ぶっぱんこう》〉などは、それとちがって、あくまで正統的〈隠れ念仏〉

として認められてきたのです。

しかし、ぼくの考えでは、このような宗門正統からの視点で在地信仰を分析評価する思想は、一種の中央集権的なものの考えかたではないか、という気がしてなりません。いわゆる在地、または土着の風習や言語などを、地方のおくれた文化としてとらえる立場と似ているように思うのです。〈隠れ念仏〉は認めるけれども、〈隠し念仏〉は認めない、といった姿勢もそこから生じてきます。「民間信仰の持つ閉鎖的な秘密性と相乗することによって我が身の安全をはかり、例えば霧島山麓における〈カヤカベ教〉の如《ご》き土俗的な密儀集団へと転落していったケース」として〈カヤカベ講〉を批判する立場もあるでしょうけれども、ぼくはちがいます。〈カヤカベ講〉には、なにかしら非常に重要なものがあり、それは日本人の文化のみでなく、広く先進諸国とその被害者となったアジア、アフリカ、ラテン・アメリカなどの国々の文化を考える上で、とても大きな問題だと思うのです。

すべての文化、すべての宗教も、かならず交流、混合、合体したものです。純粋なという観念は、論理の上でしか存在しません。

どれほど論理的な整合性を誇ろうとも、いま現在ある〈正統〉の実情を、ひとつひとつぶさに検討してゆけば、無数の非合理性や論理のほころびが見えてくるでしょう。

ここでは東北地方を中心に、現在もなお広く分布する〈隠し念仏〉の実情については触れませんでした。また、〈隠れ〉はいいけれども〈隠し〉はいけないとする論理を一つずつ検討するいとまもありません。

ただ、ぼくはいま、〈民俗〉に対する〈土俗〉の再評価を考えます。日本土俗学会という会がもし出来れば、第一号の会員になりたいところです。〈カヤカベ講〉には、すでに失われた重要なものがひそんでいると思うからです。

〈カヤカベ講〉の信徒は、概して働き者が多く、また誠実で、生活を律するにきびしい人々が多いと古くから言われています。日常生活における信仰上のタブーを固く守り、地縁、血縁の団結がかたいことも特徴的でしょう。そこには内に深く秘するものを持ちながら、孤立のながい歴史のなかで育《はぐく》まれた気質があるのではないかと思われます。

開宗の祖とされている宗教坊こと、ミヤハラ・シンタクは、〈行者《ぎようじや》〉の生まれであるとされていますが、一六五〇年代に藩に捕えられ処刑されました。このとき彼の娘二人もともに殉教したといわれます。そのことを記録した『薩藩例規雑集』には、〈党類多人数ニ相及候事《そうろうこと》〉とあるそうですから、そのときの処刑が宗教坊だけでなく、多人数におよんだことが察せられます。

この開祖の処刑が、信徒らに大きなショックをあたえたことは当然でしょう。そして〈カヤカベ講〉の人々は、他の〈隠れ念仏〉の正統的な信徒よりも、はるかに深く霧島山麓の闇《やみ》に潜行していったのではないでしょうか。

京都の本願寺とオーソドックスな結びつきのあった〈隠れ念仏〉の組織には、数多くの殉教の歴史が見られます。しかし、〈カヤカベ講〉には、宗教坊やその継承者の一人である三左衛門の失踪《しっそう》などのほか、ほとんど殉教のケースが見られないことが指摘されます。このことは、往々にして〈カヤカベ講〉のヌエ的な側面として奥歯に物のはさまったような言い方がされますが、殉教の多いことを正統念仏の純粋さのあかしとする立場には、必ずしも同意できません。

〈カヤカベ講〉の地下水脈の深さ、複雑さには、前にのべましたような〈二重の異端意識〉が作用していたのかもしれない。霧島神道の氏子を自称するという屈折した〈隠れ〉の姿が、明治になっても、大正になっても、昭和にもなお〈隠れ〉て存在しようという意志を反映しているのかもしれません。

ぼくは〈カヤカベ講〉に象徴されるような〈異端〉のありかたに、つよい関心を抱きつづけてきました。それを土着信仰との混血による変質と考えて批判したり、特異集団として扱う立場にも納得できません。土俗を民俗の下に見る思想にも反対です。それは方言を共通語よりおとったものとして扱う手つきと同じだからです。

思いがけず長くしゃべってしまいました。本当は九州の話だけでなく、東北地方に広く現存する〈隠し念仏〉のことや、その他のマージナルに広がっているいわゆる〈異端〉について、お話ししたかったのですが、もう時間がありません。

かつてブラジルへ何度か旅行をしたことがありました。そのとき、カフェで中年の女性と知り合いになって、いろいろと話をする機会がありました。彼女はその店のウエイトレスをしていたのです。

ある日、彼女の二の腕に、白い木綿の糸が巻いてあるのに気づいて、たずねると、しばらく口ごもっていましたが、やがて、

「これはカンドンブレのしるしなの」

と、教えてくれました。なんでも、その日の晩に、近くの海岸で儀式があるという

のです。月に何日か、きまった夜に集まるというので、連れていってくれるように頼んだのですが、観光客や取材のためのカンドンブレの集まりは別にあるから、といって承知してくれませんでした。

彼女はブラジルも奥地のほうのバイーア地方の出身でしたが、古くからの在地信仰をヨーロッパ人の渡来とともに、カトリックへ改宗することになったらしいのです。しかし、表はカトリックでも、〈隠れ念仏〉と共通の性格をもって、以前からの宗教を背後に隠した信仰生活を代々おくってきたのだ、と説明してくれました。

カンドンブレ、とか、ブードゥ教とか、とかく秘密めいた邪教のような見方で映画などに登場しますが、実際にはみずからの信仰をひそかに守りつづけているうちに、いろんな変容が生じたものではないかと思われます。

今回は民俗のさらに深いところにある、土俗の重さをことさら強く指摘しましたが、これはぼくがずっと感じつづけてきたことなのです。九州山地の住民であったことが、このことに目覚めさせてくれたといっていいでしょう。

〈隠れ〉といい、〈隠し〉といい、〈異端〉と〈正統〉のはざまに生きつづけた人々の信仰生活は、決して興味本位で語るべきものではないと思われます。ぼくの気持ちは、そういった信仰を、土俗宗教として低く見る傾向への不満と反撥《はんぱつ》から生じたものとご理解いただきたいと思います。ありがとうございました。

日本重層文化を空想する

先日、久しぶりに奈良へまいりまして、親しい寺の御住職と、いつものように肩のこらない仏教の話などをしてきました。そこで、ぼくは例によって裏づけのない発言、つまり、学者の側からいえば一種の妄想《もうそう》といわれそうな感じの乱暴な話を、いろいろしたわけなんですけれども、実は、そういうことは本当は意外に大事なんじゃないか、という考えも心の底にひそかにあるんですね。

たとえば、過去の歴史のなかでの文化の相互交流の仕方というふうなものを、立体的に、また流動的に見ることをせず、平面的にとらえると、実際のものを見うしなってしまうことが往々にしてあるような気がする。

特に歴史には、いわゆる年表っていうのがありますね。あの年表というのは、あくまでも表街道の歴史であり、公文書的なものであり、たてまえであり、サニーサイド・オブ・ザ・ストリート、というところがあるわけです。しかし、実際に普通の人々の生活レベルでは、そういうふうに活字にあらわされて記述されているものと全然ちがうことがたくさんあると思うのです。

ぼくがかつてインドへいった時に感じたことですが、あちらにはイスラム教とヒンドゥー教とがありますね。で、片方は絶対に豚を食べない、片方はまた牛を食べない、さらに片方は一神教であり、片方は多神教である、という。そんなわけで、インドでは両者の間に非常に激烈な対立があるんだ、とか、そういうふうなことがよくいわれます。

先日のアッサム州の虐殺《ぎゃくさつ》事件なんかも、そのような宗教上の反目によるものであるとか、いろんなことがいわれて、その両者が非常にくっきりと対立し、分離されているような見方をされるわけですね。

しかし実際にインドを訪れまして、いろんな人々の生活レベルで、その様子を観察したり、話を聞いたりしていると、イスラム教徒とヒンドゥー教徒が同じ村落や街の中で、お互いに混在し、隣りあわせに住んでいて、むやみと衝突することなく、相互に共存していた歴史や現実のほうが、対立の歴史よりもはるかに大きかったんじゃないか、と思えてくるのです。

確かにインドには非常にたくさんの言語があり、多数の民族があり、宗教がある。

しかし、それぞれが常に対立抗争を繰り返してきたというんじゃなくて、実は、ある時、ある状況のもとで、地面の上に、ぼこっぼこっと、そういう宗教上の対立に起因するかのように見える事件が突発することはあるけれども、それは両者が非常に平和裡《り》に、お互いに影響を及ぼしあいながら同居していた歴史に比べると、百分の一とか千分の一の例外と見るほうが正しいんじゃないでしょうか。

このイスラム教、というよりはイスラム教徒（モスレム）とヒンドゥー教を信ずるインド人との間の共存、交流のありかたは、表向きの世界、つまりタテマエ社会の外観とは別に、現実の人間たちの暮らしの中で世界のどの国にも見られる現象だと思うわけです。

学者はそういう現象を〈シンクレティズム〉などという難しい言葉を使って説明したりするんだけれども、要するに生きた人間の暮らしの中では何ごとも公式どおりにはいかないということですよね。シンクレティズムというのは、ちがった文化や宗教や生活様式が共存し接触して持続するなかで、お互いに影響をあたえあったり、溶けあったり、重なったりすることを言うらしいのですが、それは日本での神仏習合と呼ばれる現象にもあてはまるのかもしれません。

そして、それは単に文化や信仰の形式のありかたとしてだけではなく、ぼくら自身の心の奥底に、この二十世紀末の今なおしっかりと根を張っている妙なもの、不気味なほどに粘っこい情念として存在するわけです。

そんなことはない、と言う人がいたら、お目にかかりたいですね。柳田国男は七十年も八十年も前にそのことを指摘してそこから自分の学問をスタートさせようとした。その頃《ころ》と今と、どれだけ変わっているかとふり返ってみると、ほとんどなにも変わってやしません。外見は近代化されてきても、ぼくらの意識の深部にツケモノ石みたいにどすんと沈んでいるのは、説明のつかない前近代、中世、古代の情念なのではなかろうか。

たとえば、一週間ほど前のことですが、そろそろ仕事をしなくちゃ、と思って、書斎の大掃除をした。そんなことしたって原稿が書けるわけはないんだけど、まず形からはいろうと思ったのです。（笑）

ところが、十年も前に人にもらった昔の古い神社のお守りがいくつも出てきたんですね。例のムラサキとか赤に金糸のぬいとりがしてある派手なやつ。

どう考えても当面は必要のないしろものです。一応ぼくはブディストですから、ちょっと困ったんですが、これが、どうしてもくずかごへポン、というわけにはいかないんですよ。

ゴミ焼却炉にゴミと一緒に投げこんだりすることがなんとなくはばかられるのです。そこで一瞬、はたと困ってしまう。真宗というのは、ご存知の通り、弥陀《みだ》一仏です。いわば一神教で、他を信じない。そんなことはわかりきっているのに、やはり戸惑ってしまう。

もしピュアな弥陀一仏の浄土真宗の信徒がいたとして、自分は神道《しんとう》には無縁であると心にきめていたとしても、そんな仏教徒の日本人の誰が何のちゅうちょもせずカミサマのオフダに小便をかけられるだろうか、と思います。

こう考えてみるとき、ぼくらの中に奥深く変わらずに残っているものの重さにガクゼンとせざるを得ません。「矢切《やぎり》の渡し」みたいな古い歌が大ヒットしている現在、どうしてわれわれの意識の上層だけがスッパリ前近代と訣別《けつべつ》できるだろうか。そんなわけにはいかないんですね。そして、それは必ずしも恥ずべきこと、反省すべきことである、というふうにはぼくは考えないんです。

いわゆる神仏習合というのは、神道の側からも仏教の側からも、日本の非常に未開な、おくれた、しかも迷信的な宗教のあり方のようにいわれつづけてきたし、現在でも正統的な宗教学の立場からは、そういうふうに厳しく批判されているわけです。

しかし、今の一般の人たちの実際の生活のレベルでは、結婚式はキリスト教でやり、七五三は神社へおまいりに行き、葬式は仏教でやる。これはすでにあたりまえの風習でしょう。

しかし、宗派とか、宗門とか、いわゆる表の世界ではそれぞれはっきりと区別されているわけですね。けれどもわれわれは一応、たてまえじゃなくて、実際の生活の中ではそういうものが混淆《こんこう》した中で、相互に影響を与えあいながら同居して暮らしていることを暗黙のうちに了解しあい、別にメクジラ立てて論難したりはしない。

つまり前に言ったシンクレティズムを、お互いに認めあって生きているわけです。

そう考えてみますと歴史も、文化のあり方も、たてまえ、あるいは表側のそういう部分と、それから根の部分――表へ出ていない部分とが常に同居して混在していることを率直にはっきりさせた上で話を進めなければ、ぜんぶウソっぽちになってしまうんじゃないか、これまでわれわれは過去のことに関しては片方の側しか見てこなかったのではないか、と考えます。

日本の文化というのは非常に複雑なコンプレックスの中に、複合文化、深層文化として存在するものであるにもかかわらず、その一面だけをとりあげて、外国に向けて日本は均一言語、均一民族、均一国家であるというふうにいったりする傾向があるんだけれども、それはそうじゃないだろう、と。

そのことは皆がもうすでに知っていることであって、今さら言うほどのことではありません。しかし、皆が知りつつ黙っているというのが問題です。ジョージ・オーウェルが〈ニュー・スピーク〉という言葉を用いて描いた文化の暗部がそこにはある。皆が心の中では感じているのに、なぜか表通りでは、それがいつの間にか、日本固有の文化、というふうないい方で均一化されてしまうところがあるわけです。

たとえば仏教の渡来という問題ひとつをとってもそうです。仏教が日本へ渡来してきたのは、欽明《きんめい》天皇の六世紀前半に朝鮮半島の百済《くだら》の聖明王という王様から、仏像ひとつと経典何巻とが一緒に日本へ渡来した、とぼくらは中学生のころ習った。以前は歴史の授業の時に、仏教渡来五五二年、とかいうふうに覚えたわけですね。最近は一般に五三八年というふうになっているようです。

そして、渡来した仏教が日本の国家仏教としてまず栄え、それから貴族仏教として定着し、そのあとで、鎌倉時代にいたって、法然《ほうねん》とか、道元とか、日蓮とか、それから親鸞とか、さらに一遍《いっぺん》など、日本の仏教の先覚者たちの一種の宗教改革によって民衆仏教として成立する、というふうに表通りの歴史では教えられてきたわけですね。

しかし、ぼくはふっと、これは小説家としての感覚で考えるんですけれども、カルチャーとか思想とか、信仰とかいうものが上から下へ一方的に降りて発展していったためしはないんじゃないかと思うのです。

たとえば、能とか、歌舞伎《かぶき》とか、あるいは茶道とか、武士道とか、生け花とか、さまざまなカルチャーの完成度を持ったものというのは、すべて下から成り上がったものだ。能だって、最初は村のお神楽《かぐら》や、奉納踊りや、旅芸人の門づけ芸や、あるいは、猿楽《さるがく》だとか、田楽だとか、滑稽《こっけい》ばなしとか、いろいろ流行していたものがどんどん上へ吸い上げられてリファインされていき、貴族上流社会もそれをとり入れるようになり、そしてさらに高度化されていって、国家の保護のもとに鎌倉時代なり室町時代なりの文化財として成熟度をくわえ、今は文化財として保護されるようになっているわけでしょう。もちろん上から下へという流れがないわけじゃありません。しかしそれは例外だと思います。

それから歌謡にしても、民衆の間にいろんな歌が生まれていって、広く一般に普及してから、それから豪族、貴族、そして宮中へと上昇してゆく。催馬楽《さいばら》だとか、旋頭歌だとか、歌垣《うたがき》だとか、あずま歌だとか。

とにかく、最初は民衆というか一般人の間で広がったものが吸い上げられてゆき、上のほうで洗練されていって、より高度なものとしてつくりあげられていく。成り上がりが文化の本質です。そしてやがて公認されるものになっていく、一般にそういった過程を経ていくわけでしょう。伝統的な芸にしても、農村や海の現場で生まれ、やがてお座敷歌となり、洗練されてゆく。

ですから、百済から外交ルートでもって日本の為政者宛《あて》に手渡された仏像と、経典と、それから仏法の思想が、国家仏教として輸入され、それから貴族仏教として広がり、そして民衆レベルへおりていった、という考え方は、ぼくは逆じゃないかと思うことがあります。

稲作《いなさく》の日本渡来という現象ひとつをとってみても、あるいは日本への渡来民族の渡来の仕方というルートひとつをとってみても、さまざまなかたちで、あっちこっちから入ってきているわけですね。

決して韓国一本道のルートだけがあったわけじゃない。日本は島国だから、四方八方から入ってくるルートがあるわけです。当時のことだから、いろいろと勝手にやってたにちがいない。

そういうふうに考えると、仏教というのも、あの時点で国家対国家のかたちで輸入され、そして上から下へおろされていって日本で根づいたものとは、どうも考えられなくなってきます。

当時の政府があの仏教を持ち込んだという時点では、もうすでに仏教が半島から渡来する以前に日本の中に、つまり、自然流入のかたちで民衆レベルでのサブ・カルチャーとして、土俗信仰や修験道《しゅげんどう》や、これまでのアニミズムと混淆したかたちで、朝鮮半島から来たもの、インドから来たもの、東南アジアから来たもの、直接に中国から来たもの、といったいろんなルートで日本に入り込んでいたにちがいないのです。

それ以前にすでに、庶民の生活の間に前仏教というものがあった、と考えたい。正式のかたちをとらないままに自然に流入してきたものと、アニミズムとがこんがらがった状態でもって、一種のプレ仏教が、相当に深く広く広がりつつあったと、こうぼくは見るわけです。

だって、あのスキヤキに使うネギなんかもシベリア経由で奈良朝時代に普及したとかいうじゃありませんか。新しいもの、めずらしいものはどんどん密輸入のかたちで流れこんでくる。昔からこの日本という島国、そして日本人は好奇心のカタマリみたいな民族ですからね。

ですから、そういう民衆の間で人気のある新しい宗教というものを為政者が正式に掌握することでもって、自分たちの国家というものをさらに強固にしよう、と考える。そして民心をきっちり把握《はあく》するためには、今、民衆の間に非常に広く流布《るふ》して、ひそかに力をつけてきた新しい信仰を自分たちが中央でコントロールすることが、逆に国家体制を安定させるひとつの方法だということで、百済のほうからそれを招き寄せ、そして仏教を国家的なひとつの宗教として確立させたにちがいない。

国家が仏教を掌握していく中で、最初は自然発生的というか自然流入的なかたちで民衆の中へ広がっていった仏教というものが、正式のものとして、リファインされながら、学問的に成熟していき、そして管理されていき、民衆のレベルから切り離されていく。つまり、国家権力が民衆から仏教を吸いあげた、というふうにも考えられるわけですね。

その後、それが貴族のものとなり、そのあとで、南都六宗を超えていろんな民衆仏教の先達が出る。空海が出る。法然が出る。親鸞が出る。日蓮が出る。一遍上人《しょうにん》が出る。道元が出る。そういう人たちが、自分たちの中から、国家権力の国家仏教、貴族仏教として出してしまったものを、もう一ぺん民衆の手にとりもどすというかたちでわが国の宗教改革があったわけでしょう。

仏教というものは、もともと国家とか貴族が所有していたものを民衆が分けあたえられるというかたちで広がったのではありません。さっきいったように、さまざまなかたちであっちこっちから入ってきたものが日本の中に根づいて、それなりの固有の、しかも前仏教だから仏教としての行動力も思想としての高みもなかったかもしれないけれども、とにかくそういうものがまず広くあったと考えたいのです。そういう受け皿があったからこそ、そこにシンボルとしての国家仏教、オーソドキシーとしての経典、つまり外交ルートによる国家仏教というものが入ってきた時に、それが日本の中にわっと広くうけ入れられたのではないでしょうか。

たとえば表むきはともかく、歌謡曲やなんかを好む層が国民的にいっぱいいるということを、NHKがかぎつけたところで〈紅白歌合戦〉というのが出来るわけですね。

〈紅白歌合戦〉を上からおろしていって、ＮＨＫが民衆の間に流行歌をはやらせたわけじゃない。民衆の間で、歌謡曲とか、流行歌とか、ポップスとか、そういう民衆芸能に対する非常に広い受け皿があって、それに乗っかることが、公共放送としてのＮＨＫの土台をしっかり固めることになると判断したからこそ、〈紅白歌合戦〉をＮＨＫはやるわけです。

今までぼくらが学校で教えられてきたところでは、仏教は五五二年に渡来し、時の政府がそれを取り入れ国家宗教、貴族宗教とし、さらに宗教革命のかたちで日本の仏教が民衆のあいだに広まった、とされています。

しかし、そんなふうに仏教が上から下へ上意下《か》達《たつ》みたいに広がってきたんだったら、それ以来、もう何千年にわたって、これだけ深く仏教が民衆の間に浸透するはずがないじゃないですか。そのいちばんいい証拠が、じゃ、なんで日本に仏教をもたらした韓国に、今、仏教があんまり大きくないのか、ということです。たとえば、今、韓国はカトリックとプロテスタントあわせて約九百何十万のキリスト教徒がいる、といわれている。大まかにいって一千万。韓国の人口を四千万と考えると、二五％がキリスト教なんです。これは韓国の為政者にとって非常に大きな問題なんですね。

日本は、と考えると、ぼくの数字が間違っていなければ、日本は新旧両教徒あわせて、たぶん約百万前後を超していないんじゃないでしょうか。正式のキリスト教徒っていうのは。一億二千万のうちの約百万人あまり。日本ではいちばん最初の切支丹《キリシタン》伝来の時から隠れ切支丹の歴史も入れれば、非常に長い歴史があります。しかも戦後は、アメリカやヨーロッパの近代文化が流れ込んでき、デモクラシーをはじめとするさまざまな思想を日本人は取り入れてやってきた。キリスト教もしかりです。西欧先進国家の思想や文化や宗教というものを、われわれは日常それがなくては生きていけないぐらいに取り入れてきた中で、依然として日本は百万前後、韓国は一千万です。

韓国では、仏教は今、民衆の生活の中ではそれほど大きな存在ではない。公式的には日本に仏教をもたらしたにもかかわらず、です。なぜかと考えてみますと、日本において仏教は日本仏教として成立しているわけですね。或《あ》る成熟をとげている、あるいは新たなる発展を示しているわけです。インドの仏教が中国に入り、中国のいろんな風土やさまざまな思想が加味されて、中国独特の中国仏教というものが成立する。それが韓国を経て、つまり朝鮮半島を経て日本に来て、日本では日本的な仏教としての高みへ到達しているわけですね。

それはインドの仏教とも中国の仏教ともちがう。それをさらに思想的にも内容的にもきたえあげ独自の高みに達しているのが日本の仏教だと思うのです。

今、世界には東南アジアの仏教、中国の仏教、インドの仏教、日本の仏教と、四つの大きな仏教の流れがあるといわれています。ここでは朝鮮半島の仏教はあまり大きな問題としてとりあげられないんです。

その理由は、朝鮮半島には島国の日本のように複数の文化流入の道がなく、そのために事前に仏教の受け皿が成熟しておらず、また中国から直輸入で入ってきたこともあって、大きなものとしては根づかなかったからだ、という説もあります。

ところが、公《おおやけ》のものであれ仏教が朝鮮半島を経由して日本にもたらされてきた時には、たとえば達磨大師《だるまだいし》は日本へやってきたインド人だったなんていう話もあるんだけれども、すでにさまざまな人間が日本という所に漂着してきたり、あるいはわざわざ訪ねてきたり、そういうかたちで日本の国内に民衆レベルで仏教という外来文化の生《き》地《じ》があった、とぼくは考えるわけです。

そうしますと、表では仏教渡来五五二年ということになっていたけれども、それは仏教渡来という公式のステップであって、その前にいろんなかたちで渡来したものがカミ信仰にまじりこんだり、修験道とまじりあったり、迷信と出合ったりしながら、日本の民衆の心を深くとらえていたにちがいない。

たとえば弘法大師、空海という人物がいます。この空海が密教というものを日本へ持ってくるわけですね。

つまり、当時の最新の仏教というものを空海が日本へ入れたとされているわけだけれども、実際には空海は中国へ渡ってほんとにわずかな期間しか滞在していないわけです。たしか二年そこそこだったと思います。

そして中国の密教のいちばん偉い泰斗の所へ彼が行った時に、もうほかのお弟子さんなんかはそっちのけで、えらく大歓迎される。そのお師匠さんというか、その偉い坊さんは、私はあなたみたいな人を待っていたとまでいってくれて、彼によろこんで密教の秘伝を伝授してくれました。そして彼は密教の祭式器具や教典を持って日本へ帰ってきます。

というのは、むこうへ行った時に空海はもうすでに中国語が相当にできたわけですね。と同時に中国人をびっくりさせるほど見事な書が書けた。ということは、空海はすでに日本にいるうちに中国の文化のいろんな情報をマスターしていた、と考えられる。そして彼はすでに、密教という、中国で、当時、非常にさかんであるものが、もう直輸入のかたちで、つまり、表からのルートでなくて、闇《やみ》のルートで日本列島へ入り込んできている密教の思想とその体系についてはすでにだいたい通じていたのではないか。空海は中国へ行く前にすでに密教の思想を自分のものにしていたと見ていいと思います。

だからこそ、中国で密教の泰斗と会った時に、わずかな期間いただけで、

「おまえにおしえることはもうないよ。あなたは密教をちゃんと全部わかっているからね」

「いや、日本で自分はこういうふうに密教を解釈しているのだけれども、これで間違いないでしょうか」

「うむ、それでよろしい。うむ、これはちょっとちがうな」

と、そういうヒントだけで彼は十分だったわけでしょう。

そして、空海は二年ほどで日本に帰ってくる。ほかの留学生たちは時には何十年も中国にいて学ぶのだけれども、すぐ帰ってくるというのは、彼はむこうへ行って正式に密教の伝授者としての資格をとってくれれば、それでよかったからなのではないか。

密教は書物によって伝えられるものではなく、のちに彼が最澄《さいちょう》にメッセージを送ったように、人から人へと直接伝えることを真髄とする教えだからなんですね。彼には面授が必要だったのです。そして密教というやつはいろんな道具を必要とする。曼荼《まんだ》羅《ら》とか、祭式器具とか、教典とか。そういう器具やなんかを、留学資金の残りをはたいて買い込んでくる。ものすごく苦労したらしいけれども、それを日本へ持ってくるわけですね。その物を持ってこなきゃ、開祖としての権威がつかないからです。

つまり、彼は、オフィシャルに密教を伝授されて帰ってくるわけだけれども、すでにその前に密教そのものは日本へ入ってきて、山岳宗教や、原始宗教や、修験道や、そういうものと入りまじったかたちで、紀州や西日本に存在していたと考えられます。

空海の密教のとり入れ方がいちばんいい例で、百済から日本へ仏教が渡ってきたとされる時には、すでに、民衆はさまざまなかたちで仏教的なものを、つまり、原仏教思想みたいなものを、もっと口承伝説なり、生活体験なり、迷信に近いものであったり、雑行に近いものであったりした部分をたくさん持っていて、そういうものに対する観念があったのだろう。

しかし、韓国の場合には、変な話だけれども、南方からくる路《みち》とか、いろんな方向の路があって、正式のルート以外の道で韓国へさまざまなかたちで仏教が入っていたとは考えられません。韓国の場合には中国から直輸入のかたちで回ってきたにちがいない。だから、そこにはプレ仏教の受け皿がなかった。そのために仏教というものはそんなに広く民衆の間に定着しなかった、というふうに考えるのも不自然ではないと思います。

さまざまな外来文化が或る国に根づくためには、受け皿がなければならない。その受け皿があったにもかかわらず、われわれの目には見えない。が、そういう受け皿となる先行文化がすでに日本にあったと思うわけです。

先行文化というものは、まず底辺に入ってくるものだ。底辺に入ってきて、非常に雑なかたちで、しかも理論的に体系づけられていない流行や風俗のかたちで、しかもごちゃごちゃした、なまなましいかたちでまず入ってくる。それがサブ・カルチャーというものでしょう。

日本文化の中にも、たとえば縄文式《じょうもんしき》とか弥生式《やよいしき》とか稲作とかいろいろいうけれども、さまざまなかたちでそれに先立つ先行文化というものがあったであろう。それから、あとからやってくる渡来文化というものがある。また、原文化といってはおかしいけれども、そういうものもあり、その上に乗っかってきて、重なったものが、非常に大きく日本へ伝わり、定着する、というふうに考えたいわけです。

たとえば仏教というもの自体にしても、仏教もまたヒンドゥー教やヒンドゥー文化と微妙に混り合って育ってきたと考えられないでしょうか。神道と道教の関係もそうです。

その視点から日本の文化を見直すと、ちょっとちがってみえてくるんですね。たとえば『古事記』はこれまでの物語を集成したものであって、それに先行するなんらかの史伝がありえたとも考えられます。それから『万葉集』は日本の和歌のはじまりのようにいわれていますけれども、それはあそこで集大成されたということであって、それに先行する、つまり、民衆の間での歌、あるいは歌垣とか、いろいろあったわけだし、そういう文化というものが非常に広くあったであろう、と。ぼくはそっちのほうにやっぱり目を向けたい、という気があるわけです。

日本に文化が入ってきて、それが定着するには定着するだけの受け皿というものがすでに成熟していなきゃいけない。時間的に、先行文化と、それから現行文化といったらいいか、あるいはあとから来た文化といったらいいか——。そういうところでいろんなことを考えざるをえません。たとえば表の文化と裏の文化、闇の文化と昼の文化、それから公式の文化と非公式の文化、認められたものと認められないもの……。いま、私たちは、そのことを闇の中にじっとイメージすることが必要とされているような気がしてなりません。

柳田国男《やなぎたくにお》と南方熊楠《みなかたくまぐす》

柳田国男はすでに三十年ちかく前に亡《な》くなった人物ですが、今も隠然たる威力をもってわれわれの目の前にいます。

たとえば、柳田民俗学批判といえるような仕事がいろいろあるけれども、批判しても批判しても、それを乗り越えられないようなしぶといものがそこにはあって、それについて、今、いろんなかたちでみんなが考えをめぐらせている部分がやっぱり存在するんですね。

しかし、柳田民俗学というのは、世紀末の現在では、日本の民俗学の流れの中で考えてみれば、ひとつの表の民俗学――というとおかしいけれども、今やそういうものとしてあるとぼくは思うわけです。

つまり、変ないい方だけれども、歴史の表街道、というのがあるでしょう。朝廷とか、貴族とか、権力者を中心に歴史を語ってゆくやり方。それに対して彼は常民文化という視点から民衆の歴史を考えた。農民の生活を考えた。それは、ある意味ではカルチャーに対するサブ・カルチャーでもあったわけです。

ところが、今度はそれがいつの間にか、表通りの庶民の歴史のように見えてくる時代になってきているわけですね。ことに前期の〈山俗学〉から後期の〈民俗学〉へ移行してからの後の世界はそうです。ここではその部分を中心に見てゆくことにします。

日本民俗学の完成者としての彼は独自に常民というものを考えたけれども、常民とは何かというと、彼自身がいっているように、日本の定住農耕民、基本的にはお百姓ですね。お百姓の中でも、しょっちゅう一揆《いっき》を起こしたり、離散・逃亡したりするような、そういう連中じゃなくて、篤実《とくじつ》な、しかも社会的に健全な、勤労意欲のある、そして日本人らしい伝統や風俗・習慣を残した、そういうお百姓で、もっと具体的にいえば、稲作《いなさく》耕作民をモデルに民衆像をきずきあげた。もちろん初期の山人《さんじん》や、日本先住民や、天狗《てんぐ》などに関する興味のもちかたもありますが、柳田学として完成したのは、やはり常民の世界です。

彼のいう常民というのは、決して都会のルンペンではない。これはもうはっきりしている。農村に定住する人々である。焼畑農業をやって移動しながら生きている人たちではない。炭焼きをしながら放浪している人たちでもない。マタギとか、木地師《きじし》とかいろんな連中がいるけれども、そういうものも、一応、常民の枠《わく》の中には入らない。つまり、まず農耕民であり、稲作農民であり、同時に定住民である。そして社会的アウト・キャストでない人々、反抗者じゃない人々、こういうものを常民としてとくって、それらの人々の文化のあり方とか、精神のあり方とか、習俗とかを主に彼は語ってゆくわけです。

われわれの中には、日本人の原像として、彼の残した常民のイメージが強くある。それは非常に大きなものです。それはもうとても大きな仕事だし、ぼくはそれについてこれっぽっちもとやかくいう気持ちはありません。

しかし、ぼく自身がどういう世代の人間かというと、われわれ昭和一桁《けた》というのは戦争中に生まれて育った人間なんですね。その世代はどういう時代に生きてきたか——。

戦争の時代のことを、その当時は〈非常時〉といっておりました。ぼくらは〈少国民〉という言葉で呼ばれ、小学校は国民学校という名前にされた。だから、われわれは、〈非常時〉の子です。ということは、常民というより〈非常時の民〉なんですね、はっきりいうと（笑）。つまり〈非・常民〉というわけです。

その中ではさまざまな伝統的な生活様式も壊れていくし、そして流転《るてん》する生活もあり、実際、非常時の中でわれわれは戦災にあったり、引揚げをしたり、疎開をしたり、というかたちの中で生きてきた。

そしてわれわれは、無情、ということを知ってきたわけですね。親と別れ、子と別れ、きょうだいを殺し、殺され——。そうすると、われわれはやっぱり、非常の民、であると同時に無情の民なんだと思えてくる。

そこで否応《いやおう》なしに出てくるのが、非・常民の思想、無情民の思想、それらの視点あるいは視野です。どうしてもわれわれのプライベートな視野の中からそういう色彩が出てくることはやむを得ないことなんじゃないか。

そういう非・常民の立場や無情民の視野から、常民の文化あるいは柳田常民文化というものを眺《なが》めた時に、何かちょっとしっくりこない、一種の違和感のようなものがあるのを感じるのは当然でしょう。

柳田学のことを、新国学、という人もいるわけだけれども、基本的に稲作というものは天皇制と非常に深く結びついているわけです。天皇制国家の土台というのは、稲をつくる農村なんですね。天皇の仕事は、政治的なものを除いても、農耕の中で特に稲作に関する祭司をつかさどるという、精神的な支柱が非常に大きいわけですから。

しかし、柳田国男には、大正天皇の即位の儀——その行事がある時に、山の上から二条の白煙が立ちのぼっているのを見て、あそこでは山窩《さんか》が、天皇のこの行事をよそに、自分の生活をしているんだろう、というふうなことを述べている文章があります。そこでは、つまり、彼は常民でないものを見ている。そして彼は『後狩詞記《のちのかりことばのき》』にはじまり、『天狗の話』『山民の生活』などという論文や、それから『遠野物語』の中などでも、その出発点においては非常に情熱的に山の民、つまり〈非・常民〉をみつめているわけですね。

『遠野物語』の序文のなかで、山人の世界には平地民の及びもつかない文化、独特なものがある、と。願わくばこれを語って平地人を戦慄《せんりつ》せしめよ、と書いているのは有名な話です。

自分はそういうもうひとつの日本人の中の、異族の文化を掘り起こしてみせる、といっているわけですね。それによって平地民の常民の文化に大きな戦慄を与えるであろうと、たいへんな意気込みでスタートするわけです。

ところが、やがて彼はしだいにそれを語ることを自制するようになってゆく。

それを挫折《ざせつ》と見る人もいる。転向という人もいる。いろんないい方がなされているけれども、非常に謎《なぞ》めいた巧妙なコース変更ではあるわけですね。あれほど熱心に山の民のことをやろう、と心にも決め、いろいろ実地にも研究を進めていた人が、どうしてそれを語ることを止《や》めるに至ったのか。山人というものに対して関心を強く持ち、柳田民俗学はそっちのほうへ大きく発展していくだろう、と思われた予感を見せながら、いつか途中でスーッとなんとなくしぼんでしまう。

それについて、まあ、さまざまなことがいわれています。そのへんが実は非常に面白いんですね。

それはなぜだろう、と考えるわけですが、ぼくはそこで三つの理由を考えたわけです。その三つの理由については、具体的に述べてみたいと思うんだけれども、ここでは南方熊楠と柳田との手紙のやりとりの中に、ひとつのヒントを探ってみたいと思います。

まず、柳田から南方への最初の頃《ころ》の書簡の中に、山人研究に情熱を燃やしている彼の様子がよくうかがわれるものがある。

明治四十四年三月十九日付の手紙の一部です。

「（前略）小生は目下山男に関する記事をあつめおり候《そうろう》。熊野はこの話に充《み》ちたるらしく存ぜられ候。恐れ入り候えども御手伝い下されたく候。（後略）」

これに対して南方は、山男に関する事項はいろいろあるが、あちこちに散在しておるので、今はまとまってお知らせするところまでいかない、そのうち、整理してお送りしましょう、と書き、すぐにつづけて、自分が目下、熱中している政府による神社合祀《ごうし》統合政策反対の意見を長々と書きつらねています。

まあ南方熊楠という人はきわめて個性的というか、つまり天才にありがちな特異な性格の持主ですから、政府高官として森鷗外《もりおうがい》と同じように生涯《しょうがい》を見事にまっとうする柳田国男とは、そもそも最初からどこかネジの嚙《か》み合わないところがある。

東京＝中央と、紀州＝地方という図式的な見方は、また逆転すれば南方＝インターナショナル、柳田＝ナショナルという図式ともなるわけで、柳田のほうはいくら南方に対し「先生」と下手に出たところで、どこかインギンブレイの気配はかすかににじんできます。

もとより柳田国男は誠実な人物だったから、南方に接するに当たっても自分の知らない世界に関して教えを乞《こ》い、また共に興味を持つ対象に関しては無私の情熱をもって語り合うところがあった。それはたしかに感動的ですらあります。

それに昔の人は達筆の手紙を書いたものですね。南方は、自分は字が下手だから判読してくれなどと言いながら見事な絵入りの手紙を残しているし、柳田もまた額に入れて飾っておきたいような手紙を書いています。最近、若い作家からワープロで本の礼状がとどいたりして世の中すすんだものだなあ、と感心させられたりもしますが、やはりちょっと味気ない気分もないではない。

話がそれましたが、この二人の文通交際は、一応柳田側から南方へアプローチしたことになっています。

南方熊楠という人は、平凡社から出ている全集、といっても一応の全集ですが、十二巻のうち、ほぼ四巻が書簡集であることを見てもわかるように、論文を書くことと同じように己を知る士に対して情熱的に無私の文章をつづることを少しもいとわなかった人物です。

ぼくには南方の本当の学問的な偉大さは、とてもその論文を通じてはうかがい知れないほど奥深く、巨大な学者ですが、手紙ならなんとなくわかる。いたる所に南方の人間味というか、クセが出ていて実に面白いんですね。

柳田国男との文通は、さきに言いましたように、柳田のほうが、南方の文章を読み、それに興味をもって手紙を出す、という形で始められたように見うけられます。もっとも、それ以前に、柳田は自分の本を南方宛《あて》に送り、南方はそれを例の神社合祀反対運動で警察につかまり、未決監にほうりこまれている間に読んでいるらしい。そのときの柳田は、内閣法制局参事官として順調に自分の道をあゆんでいるわけですね。

余計なことをつけ加えれば、柳田国男が『遠野物語』を世に送ったのは、くしくも日韓併合の年で、その前後、内閣法制局にいた彼は当然、この法制化のことを他よりもはるかにくわしく知る立場にあった。

明治四十三年、つまり一九一〇年というその年は、また同時に例の幸徳秋水の大逆事件の年でもあったわけです。当時の知識人という知識人で、あの事件に心底から衝撃を受けなかった人はいないでしょう。

翌年には幸徳秋水らの死刑があっという間に行われ、特高といわれた思想弾圧のための治安警察が発足することになるという、大変な年です。その頃から柳田と南方の文通がはじまるのです。

最初は柳田が南方の「山神ヲコゼ魚を好むということ」という論文を読んで大いに興味を持ったらしい。

そして、そのことを南方に伝えるとともに、先ほどの「(前略)小生は目下山男に関する記事をあつめおり候。熊野はこの話に充ちたるらしく存ぜられ候。恐れ入り候えども御手伝い下されたく候。(後略)」という手紙を書くことから文通がはじまるわけです。山神、山人、ともにいわば柳田にとっていえば天孫族に対する国つ神の系譜の存在ですね。そう考えると、一九一〇年を前後とするあの時代のあり方に微妙な屈折した柳田の志がのぞける気もする。

やがて南方からは丁重な返事が来、それからひんぱんに手紙のやりとりが続くわけですが、明治四十四年の四月の南方からの連絡には、柳田がたずねた山人、山男などに関するさまざまな情報や資料が見られます。

これはもう、それだけで一つの論文が書けそうなくらいに親切な文章で、いまさらのように南方という人物の無私の誠実さに感心させられます。

その中にはさまれているスケッチの見事さや、東西のあらゆる文献についての知識の広さは南方の芸術的資質とともに怪物《けもの》めいた研究家の面影《おもかげ》をホウフツとさせるものです。

「(前略) あまり長文ゆえ、これにて切り申し候。(後略)」

などという文句も見えるほどの圧倒的な手紙なんですね。

こうした柳田・熊楠、両巨人の手紙のやりとりは、ずいぶんと長く続きました。それも長いだけじゃなくて、いま流行《はや》りの言葉になってしまうけど、「知」への情熱にあふれた少年のような純な交友だったと思うんです。

明治四十四年から、大正の終わる年まで、それは続きます。

うらやましくも思うし、また実際に自分がこのご両人みたいな先生と手紙のやりとりをすることなんか考えてみると、冗談じゃないと思ってしまいます。手紙を書くだけで精一杯で、とてもほかの仕事なんかできやしません。

それを、この二人は精力的にいろんな俗事をこなしながら、しかも片ときも勉強を投げたりせずに、続けている。たしかに明治の人は、ちょっとわれわれとちがうところがあるようです。

ぼくも以前、ある尊敬している学者の先達と、往復書簡を一冊、本にしようという企画があったのですが、何年ものびのびになってしまったあげく、結局できなかったことがありました。生まれついての筆不精といえばそれまでなんだが、いまは大いに反省しています。

ところで、この二人の交流が、年とともに少しずつギクシャクしてくるのは、やはり野人《やじん》的な南方と、どこかお役人ふうの柳田の両者の感性のちがいが手紙の中で出てきてしまったからでしょうか。どだいえらくちがう個性なんですね、二人とも。

また話がそれますけど、あるとき柳田国男と中野重治《なかのしげはる》が対談したことがあるんです、戦後、「展望」って雑誌で。これがなんとなくおもしろかった。酒のこと言うんです、柳田さんが。「ちかごろ酒のほうなんかどうなってますかね、あれはロシアの悪弊だったんだが」なんて。酒、社会の迷惑って考えてるんですね、彼は。

「東京が悪くなったのは、かなり酒のせいじゃないか」

とか、酒がもっと少なくなったら、もっと平和になる、なんて言うもんだから、『五勺《ごしゃく》の酒』の作家もめんくらっただろうと思います。

「さあ、……ロシアに充満していた泥酔《でいすい》というものはなくなったようです」なんて、中野さん、困っていました。でも、こりゃ中野さんも公式的ですね。いくらスターリンの時代だってロシア人は大酒をのんでました。ウォッカは酒っていうより寒さしのぎの必需品ですから、ロシアでは。

話は戻りますが、大正三年五月の南方よりの長文の書簡の中に、こんな文句が出てきます。

「（前略）貴君は、ただ人の書いたものを読者に紹介することばかりの任務でない、といわる。しからば、小生また人の読まぬつもりで書きたるにあらざれば、もし『郷土研究』へ出すに足らず、また出す見込みなきものは尋常の反古《ほご》とさるるも遺憾なれば、それだけまとめて拙方へ返されたきことなり」と。

この、大正三年五月十四日夜一時、と記された南方熊楠からの手紙は、かなり長いものになっています。ここで南方は、できるだけ感情をおさえながら手紙を書きつつも、ところどころ、自分の考えと柳田の考えとの間のくい違いを、しきりにあげている。

また、こういう部分もあります。

「（前略）しかるに、今度の貴状を見るに、猥鄙《わいひ》なことは紙上に上さぬ由《よし》、これまた道のためには然《しか》るべきことなり。しかしながら、ここに申し上げ置くは、世態のことを論ずるに、猥鄙のことを全く除外しては、その論少しも奥所を究《きわ》め得ぬなり。御存知ごとく、英国は礼儀の外を慎むこと、言語の末に及び、陰陽に関することのみか、今といえども厠《かわや》、便処《べんじょ》、虱《しらみ》、糞《ふん》等の語すら慎み、ギリシア・ラテンの古書、中古の書ども、また他国の文学を訳するにははなはだしく困難し、一切これを省くこと多きがゆえに、真意分からず、これがために学問が外国に先を越されしことすこぶる多し。

貴下、小生の文を一切和らげ仮名を付けよとあれど、知識は必ずしも万人を通じて分かりやすからしむべきものに限らず、故《ゆえ》に仏国でギリシア・ラテン文をその自国の語に訳解するの弊、いろいろの知らんでもよき淫事《いんじ》を伝うるに反し、ドイツではこれを原文のままかく。特にその必要ある学者のみこれを読み得て、凡庸無益の人にはちょっと分からず、これを分かり得るほど学問するうちに、そんなことに迷わぬほどの定見を開くという用意と見ゆ。（中略）」

なかなか興味深い文章ではあります。もう少し、つづけて読んでみます。

「もし苦辛してこれを読み得るほどなら、多少の誘惑に対する相当の自制力はありそうなものなり。昭憲皇太后は、平素『源氏物語』をことのほか好ませたまい、その多分は暗誦《あんしょう》されし、と細川潤次郎男の書きしものに見え、小学読本《とくほん》にも出《い》でおれり。この『源氏物語』は、古来世の尊唱するところなるが、実際には聚麀《しゅうゆう》に始まり、それより姦通《かんつう》、迫姦、男色、また養女を愛するところ、はなはだしきは継母、死尸《しし》を見て念を起こすところ、破素されて発汗するところ（発汗は素女たりし特徴）、鄙猥のこと兼ね備われり。

しかるに、これ（『源氏物語』）を読みて左《さ》までに思わぬは、かの砂粒や籠《かご》の目を見て数うるうちに、悪鬼の邪視が弱るごとく、文字が今体ほどに直ちに脳裏に入らぬから、眼で観《み》、心で味わううちに邪念が半ば散り失せるゆえにあらずや。故に、小生は（『郷土研究』は別として）仮名付けずに古文をそのまま引くは決してかまわず、また当時のことを論ずるには避け得べからぬことと思う。たとい風俗、古話のことは除くとしても、たとえば苗字《みようじ》のことなど論ぜんに（制度に必要なる）、また戸籍のことを論ぜんに（経済に必用なる）すら、多少の鄙猥のことは免《まぬか》るべからず。全くこれを除外せんには、全くこれを論究し得ぬこととならん。

（中略）」

この長い手紙には、つぎのような件《くだ》りもあります。

「ついでに言う。『燕石考《えんせきこう》』、貝子《ばいし》を東洋で懐妊安産の符とし、また西洋で利尿剤とする、またヴィナスの印相とするを説くには、必ず女陰に似たことをいわざるべからず。

西洋のことはラテン文で俗に分からぬようかき得るも、日本でこの介《かい》、女陰に似たこと誰も知る通りだが、古く明文なし。ようやく忠臣蔵の何とかいう戯曲に、大尽（浅野の弟）大散財するとき、幇間《ほうかん》と尻取《しりと》り文句で遊ぶところに、『仏もともとは凡夫なり』と一人唱《うた》うと、他一人がそれを受けて、『凡夫形《なり》したる子安貝』。凡夫はボボの意味なり。

これらは小生等が見ると少しも不浄の念が起こらず。そのころ、そんな幼稚なことを言って楽しんだと優しく覚える。

アラビアの古諺《こげん》に、『きたなき心のものに清き眼なし』。また『根性の汚なき奴《やつ》には何ごともきたなく見える』。

『維摩経《ゆいまきよう》』に、水を、人は水、天は琉璃《るり》、餓鬼は火と見る、とある。あまり不浄不浄という人の根性が反《かえ》って大不浄と思う。とにかく、かかることすら筆するを得ずとありては、せっかく『燕石考』を書いても肝心のところが骨抜けとなり、書き甲斐《がい》がなからん。（後略）」

やや長くなりましたが、こういう文章があって、その後に、もしも必要がないならば原稿はさっさと自分に返してくれ、という文章がつづくわけです。

この後さらに次の手紙、大正三年五月十六日午後四時、と記された手紙の中にも、原稿を返してくれ、という意味の文章があります。

「(前略) 鄙猥《ひわい》な文ありて出しにくきものは、全部御返還下されたく候。小生は一つの雑誌に出せしものをなるべく他の雑誌に出さぬ定めゆえ、まるで没書にされると、没書にされたと分からぬうちは、永々そのことを他の雑誌へ書くことならず、返還にさえならば採用なきこと分かるゆえ、直ちに翻訳して外国でなりと出し得申し候」

これも、原稿が没なら返してくれ、と言ってるわけですね。

この手紙は、さらにこんなふうにつづきます。

「(前略) わが国はまことに耳食《じしょく》の徒多し。『アラビヤン・ナイツ』を『この無邪気第一の小説』云々《うんぬん》と広言せし新聞あり。『アラビヤン・ナイツ』は、『旧約全書』、ラブレーの著と並んで、天下唯三《ゆいさん》の大猥雑書と、訳者がみずから言いしほどのものなり。英国の学士会員の若き輩《やから》集まりて性慾《せいよく》のことを論ずるところへ、小生行き合わせしに、南方は二脚あるエンサイクロペジアなりとて、一人問いしは、東西の書典に従来見ざる淫法一つだにありや、とのことなり。小生いわく、女子が蠟師父《はりかた》をもって男子の後方を犯すことなしと言いしに、いかにもそれどころでない、女子が男子に男色を口説くことすらあるはずなし、まことに東洋の聖人にわれら一籌《いっちゅう》を輸せり、と笑われし。

しかるに小生、バートン全訳の『アラビヤン・ナイツ』(私刊して大議論となりしとき、バートン右の『旧約全書』云々の名言を吐けり)を通覧せしに、久しく別れおった情女が一地方の王となり、そこへ情夫が流浪し来たれるを弄《もてあそ》ばんとて、男装してその情夫に鶏姦《けいかん》を逼《せま》ることあり。まことに天下あらざるところなしと謝肇淛《しゃちょうせい》の言を思い出でて感心せり。

盗跖《とうせき》は糖《あめ》を見て鍵《かぎ》をはずさんと思い、曾参《そうしん》は老父を養わんと思う。吾輩《わがはい》、多年日本の女の髪容《かみかたち》をしらぶるに、春画によるの外なし。春画は真に逼《せま》るぐらいではまだまだ効なく、真以上に優致あるを要す。

故に春画という春画、他の部分はともかく、髪飾には非常の写生力を用いあるなり。髪容を春画につきてしらぶるに、今日類別の見当すらつかぬもの多し。それを手近く春画を見るという名に拘してこれを忌《い》み、したがって何の精査もせず。わずかにこれを京伝や信節がわずかに百部ばかりの埒《らち》なき零冊古本に記された名目のみを沿襲して、実際その図を見ぬゆえ、まずは万国に無類の日本の髪容の研究ということ少しもなし。

万事この通りで、男女間のことを仏律より引きたるをかれこれいう人などは、この男女間のことを記悉せる仏律(仏律中、盗、潜等のことは少なく、男女間の犯戒《ぼんかい》巨多なるは御存知通り）は、玄奘《げんじょう》、義浄が十七、八年難行苦行して往き写し、苦学して訳出せるものなることを、一向気付かぬと見えたり。上述、小学における雌雄交合のことと等しく、丁年以上のものに男女間のことを学事上に引きて読ますとも、何の誘惑あるべき」

古来のことを調べるのに春画ほど真にせまるものはない、というのは、南方熊楠らしくて、とても面白い意見ではあります。

そういう具合だから、男と女のことを道徳や宗教の立場から言うのはまちがっている、と彼が主張するのは当然でしょう。

さらに熊楠はこの手紙に、陽物のデッサンまで添えています。そして、その部分の解説を細々と書いた後、こう結んでいます。

「（前略）猥事多き郷土のことを研究せんとするものが、口先で鄙猥鄙猥とそしるようでは、何の研究が成るべき。自心で同情なき物を、いかにしても研究どころか観察も成らぬものなり」

この手紙はこれで終わっていますが、南方熊楠が内心おさえかねた言い分が噴出したような筆勢で、これではとても柳田国男との間で長年つづいた文通も先が見えてきたのではないかと、読むほうもはらはらさせられる。

結局、これは柳田がやっていた民俗学の雑誌に南方熊楠の原稿を載せるに際して、柳田が躊躇《ちゆうちよ》したことに端を発するわけです。しかし、それ以後も、言いたい放題のことを言いながら、南方熊楠は柳田国男に手紙を書きつづけた。

大正十五年六月六日朝七時、と記された手紙が、現在われわれが目にすることのできる南方から柳田に送られた、最後の手紙なんじゃないかと思うのですが、その中でも南方は言いたい放題という感じです。

やはり、この二人の巨人の感受性はかなりちがっていたのだろう、という気がします。

南方熊楠の手紙は、一貫して激しいものです。やはり、南方の感受性と『遠野物語』の作者の感受性の間には、時に大きな亀裂《きれつ》が生じてくることがあった、と言うべきかもしれません。

大正十五年六月六日朝七時、と記された、南方熊楠が柳田国男へ送った最後の手紙は次のように終わります。

「（前略）小生少しも聞きたがらぬに貴君のことを告げ来たるものあり、そのことははなはだ面白からぬことゆえ、見合わせと致す。ただ小生そのことをある一人に語れり、これは小生の過失なり。しかして、これを告げ来たれるものは貴君に何の恨みもなかるべき人なり。小生はその後かかることをいうものはろくなものならずと思い、何となく絶交しおわれり。その人は何故《なにゆえ》絶交されしか気が付かぬかも知れず。またこのついでに申す。小生はずいぶん酒を飲みたる男なり、これを飲みしには飲むべき理由がありたるなり、このことはゆくゆく世間に分かり申すべし、いかなる理由ありても酒を飲んだものが、今も酒を飲むように言いはやさるるは是非なきことかも知れず。しかるに、中山氏ほど書き立てた内に、小生が下女の閨《ねや》へ這《は》い込んだとか、私生児を孕《はら》ませたとかいうことは少しもなし、全くなきことは鬼もまた犯す能《あた》わずとさとり申し候。

まずは右申し上げ候。敬具」

これで長期にわたる稀有《けう》な二人の天才の文通は終わるわけです。

とりあえずわれわれが読むことのできる書簡では、明治四十四年三月十九日の柳田国男からの手紙にはじまり、今読んだ大正十五年六月六日まで、二人の間でじつに多くの手紙がやりとりされた。そして、この最後の手紙の年に、ちょうど大正という時代が幕を閉じることになるのです。

明治時代からはじまった二人の巨人の手紙のやりとりが大正最後の年に終わるというのは、一つの時代のパノラマを見るような、じつに複雑でしかも深い思いをわれわれに抱かさずにはいません。

話が長くなってしまったので、この項はこのへんでお終いということにしましょう。ただ、ちょうど最近、紀州・熊野のほうへ車で出かけることが多いのですが、じつは明日にも田辺へ行って、南方熊楠記念館へ顔を出してこようと思っているところなんです。まあ、少し熊楠の肩をもちすぎたのも、そのせいかもしれません。

乱世の組織者《オルガナイザー》・蓮如《れんによ》

蓮如とその時代Ⅰ

　このところ暑い日がつづいているようですけれども、ぼくは高原のほうでごろごろしながら、『乱世を生きる—蓮如の生涯《しょうがい》』（笠原一男著・教育社刊）という本を読んだので、その感想をちょっと喋《しゃべ》ってみたいと思います。

　蓮如について書かれた本を読むのは初めてだったので、とても面白く感じました。

　著者は、笠原一男さんという、一向一揆《いっこういっき》や真宗が専門の方で、この本は一九八一年（昭和五十六年）の五月に出ています。

　普通、歴史の本や宗教の本を読み出してもたいてい途中で投げ出してしまうのは、時代背景のことが長々と最初に出てきて、その退屈さに耐えきれずに投げ出してしまうんじゃないでしょうか。

　それにくらべて、この『乱世を生きる—蓮如の生涯』は最初から蓮如その人に焦点を絞っていて、じつに面白いのです。たとえば蓮如の奇怪な、いや奇怪と言うのは失礼かもしれないけれども、彼がいかに不思議な男だったかということが巻頭で説かれています。

こういう導入部だと、読むほうも思わず引きこまれてしまいますね。

この蓮如という人は一四〇〇年代、室町幕府の体制に亀裂《きれつ》が生じはじめて、世の中がまさに本格的な戦国時代に突入しようとしていた時、京都の東山にあった本願寺に生まれました。

これは、ぼくにとってはとても意外なことだったんですけれども、当時の本願寺というのは、幕府からも人々からも見捨てられてしまって、「人跡たえて、参詣《さんけい》の人ひとりもなく、さびさびとしておわします」(本福寺跡書)といった状態だったそうです。

と言って、当時あらゆる教団がさびれていたわけではなく、他の教団、たとえば仏《ぶっ》光寺《こうじ》あたりは押すな押すなの盛況だったわけですから、やはりなにか理由があったんだろうと思うのです。

とにかく、なぜか本願寺だけが不人気で、開店休業の状態だったようです。蓮如が生まれたのは、こういう時代の本願寺だったわけです。一方、多くの戦国武将たちはなりふりかまわずに、一国一城を守ろうとし、さらに天下をとろうと血なまぐさい戦いをくり広げていました。

そういう時代に、この蓮如という人は、もちろん武力ぬきに、おちぶれてしまった本願寺をおどろくほどの勢力に再興したわけです。

そんなことがなぜ可能だったんだろうかということを、笠原一男さんはじつに丁寧に考えています。

蓮如という人が、なぜ奇怪な感じがするのかというと、まずこの人はあの戦国時代に八十五歳まで生きている。考えてみると、これはすごいことだと思いますね。

それから、蓮如はこの八十五年の生涯のうちに五度結婚している。これも、やはりびっくりさせられます。さらに、彼は生涯に二十七人の子供をつくっているんですけれども、こうなるともうぼくなんかには、宗教家というよりはスーパーマンという感じがしてしまうほどです。

だいたい、この二十七人の子供というのは正式な子供であるというだけで、本当はもっと多かったかもしれない。（笑）

非常に俗っぽい言い方で申しわけないけれども、五度結婚して二十七人の子供をつくるというのは、とても人間業とは思えません。

こういう、異常なまでのエネルギーを持った男が戦国時代の渦《うず》の中に生まれ、そして誰も訪れることのなかった本願寺を、仏教王国と呼ばれるまでに復興していく、そのオルガナイザーとしての活躍のすさまじさが、まず第一にぼくの興味をひいたわけです。

当時の年表を見てみると、土一揆、つまり百姓一揆があちらこちらでおこっている。ためしに、笠原一男さんのこの本の巻末に付けられた蓮如の略年譜から、彼が二十七歳の時の世の中の動きを拾ってみると——。

六月、嘉吉《かきつ》の乱、将軍義教《よしのり》殺さる。
八月、伊勢の土一揆。近江《おうみ》の土一揆。
九月、山城の土一揆京都に乱入す。
大和の土一揆奈良に攻め入る。
この年、徳政令二回発せらる。

もうありとあらゆるところで、反乱、暴動といったものがおこっている時代だったということが、この年譜をみるとよくわかる。

こういう時代に、まさに崩壊寸前の本願寺に、いわば私生児として生まれた蓮如が、四十歳を過ぎた時にほとんど偶然と言ってもいい事情から本願寺第八代の法主となるわけです。

そして、彼は宗祖親鸞以後の新しい真宗の、大きな教団としての組織をつくりあげていくんですね。

そのプロセスがなんともすさまじく、また興味深いんです。

この時、親鸞の時代からはすでに二百年たっている。現代からすると、およそ五百年前のことになるんですけれども、彼の書いた文章が残っていて、これがまたじつに興味深いものがあります。

蓮如はさびれ果ててしまった本願寺を再興し、真宗の門徒を組織するために、四十歳をすぎて法主になってからその活動をはじめたわけです。

そこで、蓮如がどんなことを考えたのかというと、まずコミュニケーションをなによってはかるかということを考えました。

結局、彼が選んだメディアは文章だったのです。

もちろん、それまでも、すぐれた経典を読んだり学問したりということはどこの寺でも行われていたにちがいないけれども、蓮如は門徒を組織するために文章を駆使しようとしたわけですね。つまり、マスを組織するためのメディアとして文章を選んだんです。これは、やはりそれまでの宗教家とはまったくちがう、新しいところだと思います。

親鸞をはじめとして、さまざまな宗教家たちがさまざまな優れた文章を書きました。しかし、蓮如の文章は、それらの過去の文章とはまったくちがう発想に基づいて書かれています。

蓮如は大衆を、あるいは民衆を門徒として組織するために、自分のわかりやすい言葉で、いわば平語で文章を書いたわけです。

一度それを読んだ人が、すぐにその内容を理解できるというのが彼の文章の特徴だと思います。

しかも、弟子たちがそれを門徒に読んで聞かせれば、戦国の乱世の、文字を読むことのできない民衆にも、あるいは盲目の人々にもその内容が理解できるという文章だったわけです。

蓮如は、貧しい寺の生活の中で自分が考えに考えて身につけた、宗教とはなにか、人間とはなにかということを乱世を生きる民衆に伝えるために、独自の文章を考えたと言えるんじゃないでしょうか。そして、彼のその文章とは、レター、手紙に近いものだったという気がします。

この文章を蓮如自身は〈文《ふみ》〉と呼んでいるのですが、今では東と西によってそれぞれ〈御《お》文《ふみ》〉とか、〈御文章《ごぶんしょう》〉とか呼ばれているようです。だけれども、ぼくは〈文〉という蓮如の最初の発想がいちばん正しいと思います。

消息一通を書いて蓮如がはじめて弟子の道西に見せたところ、彼は、「これは聖教《しょうぎょう》であり、金言だ」と言ったんだそうです。すると蓮如はこれに答えて、「聖教というのはおそれ多い。しかし法門を説いているからには消息というのもまずいだろう。『ふみ』というのがいちばんいいのではないだろうか」と述べたといいます。

いずれにせよ、この〈文〉には蓮如の思想があますところなくこめられていると見ていいでしょう。

蓮如は〈文〉の中で信心の本領、信徒の義務、あるいは政治や社会にどうかかわるか、そして生と死についてめんめんと語っています。しかも、その文章は誰が読んでもすぐにわかる文章だったわけですね。

しかも、平易な文章でありながら、〈文〉は深い思想に支えられていた。

蓮如は自分が学んだことの成果をふまえて文章を書き、それを千の中から百にえりすぐり、百のものを十にし、さらに十のものを一つにえりすぐって〈文〉をつくったと語っています。だから〈文〉はいわば蓮如の思想のエッセンスであり、どんな人間も読みまちがうことのない真宗の根幹であると言えると思います。

蓮如は愛敬《あいきょう》が感じられるほど自信のあった人物らしく、後年、「文はおれがつくったものだが、たいへん結構なものだ」と自讃《じさん》しているんだそうです。その〈文〉が世間に流布《るふ》するまでは、親鸞の教え、あるいは真宗の教義の受け取られ方はとかくまちまちであったようですけれども、この〈文〉が出てからは、誰もが信心というものはどのようなものであるかということをすらすら理解できるようになったということです。

さらに、この〈文〉を読めば一般の門徒であっても、自信をもって布教にあたることができた。つまり、蓮如の分身が何百人、何千人にも増えることになる。彼らは、〈文〉を書き写して、乱世の社会へ自信をもって乗り出していったわけです。

いわば、〈文〉はミニコミからマスコミへと発展していったのでしょう。〈文〉はそういう機能を持っていたと考えるべきだという気がします。

それから、蓮如という人は常に自分もまた民衆の一人であるということを忘れなかった。自分は偉い人間だから民衆の上に君臨して生きているわけではなく、門徒や信者に支えられて生きている人間だ、といつも周囲の人に言っていたらしい。

畑をたがやして作物を得、家を築いている人々とはちがい、自分たちは仏につかえ、人生を考えるという仕事をしているのだから、むしろ民衆に養われて生きているのだという自覚を持っていたんでしょう。だからこそ自分は人々になにかを伝えなければならない、という彼の義務感には、独特のものがあるような気がします。

普通、偉い坊さんたちは信者を一段低く見るという傾向が少なからずあったようですけれども、蓮如は自分のところへくる人々を門徒とは呼ばずに、御門徒衆と呼んでいます。この御門徒衆という言葉には、蓮如の大衆に対する姿勢が如実にあらわれているような気がします。

たとえば、蓮如は〈文〉を通じて人々に間接的に自分の教えを伝えるだけではなく、彼を訪ねてくる人々には常に喜んで会い、膝《ひざ》を交えて話をしたということなんでしょう。しかも、自分が高い座敷に坐《すわ》るというのではなく、同じ座敷で向かい合ってとことん語り合ったらしい。遠路から訪ねてくる人々に冬ならばまず熱い酒を出し、夏ならば冷やした酒をふるまい、料理を出して旅の労をねぎらった後で話をした。そして同時に、本願寺の自分の門弟たちが御門徒衆にどういう態度で接しているかというこ とにも注意をはらい、御門徒衆に出す料理の味見も時にはして、少し塩辛すぎると料理人を叱《しか》ったりしたこともあったようです。そういう細かなところにも注意をはらうところなど、やはり独特の宗教家だったという気がします。

けれども、人間は本来平等であり、唯一《ゆいいつ》の仏は弥陀如来《みだにょらい》であるという蓮如の考え方は当然のことながら当時の体制や他の宗派に危険視されることになる。

蓮如は、親鸞が説くように仏の前では男女は平等であるということも言っていて、こうした彼の思想は支配者にとっては好ましくないものだったわけです。

しかも、〈文〉による蓮如の布教活動の成果は急速にあらわれ、京都、近江一帯に彼の教えが広まっていったのだから、他の教団は、特に山門すなわち延暦寺《えんりゃくじ》の僧たちは本願寺の勢力拡大をなんとか止めようとしたのです。

そんなふうに、蓮如は旧勢力との対決をいろいろな場面で強《し》いられることになるのはやむを得ないことだったのかもしれません。

仏の前ではすべての人間は平等である、という思想は、考えてみれば当時の社会の中ではかなりラジカルなものだったと言わざるを得ないでしょう。

それならば、当時の支配者も、地頭も、侍や公家《くげ》も、百姓や差別されている人々となんら変わるところはないということになるし、そうなると年貢《ねんぐ》の必然性というものもなくなってしまう。支配者の言うがままに虐《しいた》げられて生きることはないではないか、ということになります。

こうした体制に対するエネルギーが真宗の門徒たちの中に貯《たくわ》えられ、それが激しい動きを見せようとすれば、当時の支配者や他の教団はそれを弾圧しようとするわけです。

だから蓮如は、戦略的な発言もせざるを得ないところがあって、その二重の言動がまたぼくには興味深いわけですね。

蓮如は門徒の守るべきいくつかの掟《おきて》をつくり、門徒のさまざまな反社会的な言動をいましめています。

彼は、日常生活においては政治権力を尊重し、年貢もきちんと納めろ、と言っています。酒も飲みすぎるな、というようなことまで言っています。そして、他の宗教、宗派をかろんずるのはやめ、自分が真宗の教徒であることを見せびらかすな、と教えています。

念仏などは、むしろこっそり唱えろ、とも言っています。

蓮如はそういうことを絶えず語っているんですけれども、それは蓮如自身が体制と妥協して教団の発展を遂げようとしたということだけではなくて、戦乱の世で過激派として民衆のエネルギーを急激に吸い上げつつある真宗教団が、当然のことながら政治の力、既存の教団の力の前でその成長を踏みにじられてしまうことへの恐れであり、抵抗だったのではないか、と考えたりもします。

ですから、蓮如の言動は一見体制に迎合しているが如《ごと》く見えたり、そうとられても仕方ないような〈文〉が残されていたりするのだろうと思います。

ただ、後で隠れ念仏というようなものが出てくる萌芽《ほうが》は既に蓮如の〈文〉の中にもあるような気がします。蓮如の基本的な姿勢は、仏の前ではすべての人間は平等であるということであるにもかかわらず、〈文〉の中では支配階級に対しては従順であれ、というようなことを述べている。これは、一見矛盾しているように見えます。しかしよく考えてみると、これは善良な民であることを装え、という意味なのかもしれません。

つまり、当時の社会で抹殺《まっさつ》されないように振るまいながら、心の中ではすべての人間は平等であり、支配と被支配の関係も差別というものの存在も仏の前ではあり得ないのだという志を失うな、と言っているような気がしてならないわけです。そして、そのことが現代、八〇年代を生きるわれわれにとっても興味深い、あるいは無視することができないことのように思えるんですけれども、どんなものでしょうか。

五百年前の戦国の世も、現代も、そういう意味ではどこか似ているところがあるのかもしれません。

蓮如の〈文〉は、読めば読むほど矛盾しているような気がしてくるところがあります。念仏者はみな平等であると言いながら、あるいは弥陀の志を自らの志とする者はみな兄弟であると言いながら、常に社会の秩序には逆らうなと言っているわけです。それは、真宗の門徒であることを見せびらかしたりせずに、むしろひそかに念仏を唱え、仏に対する信仰を心の中に持続せよ、ということだろうと思えます。こうした蓮如の考え方、戦略は、現代にも通じるところがあるのではないだろうか、という気がします。

蓮如はまた、門徒にきゅうくつな行儀を強いるのはよくない、というようなことを言っています。行儀作法を正しくせよなどというから民衆は億劫《おっくう》がって仏教から遠ざかってしまうのだ、と言っているわけですね。

なぜならば、民衆は日の落ちるまで働きづめに働きつづけて、それから寺へやってくるのだから、正座して話を聞けなどということはまちがっている、と。

もしも行儀を正しくして正しくなるものならば、正しくして聞くがよろしい、と。しかし、正しくすることが苦痛であったり億劫であったりするのならば、楽な姿勢で聞けばいい、と蓮如は言っているのです。行儀などはともかく、まず説法を聞くことが大切なのだというのが、彼の基本的な考え方だったようです。そして、できるだけ親しみやすい本を持っていって一行ずつ読む。お経を読む時にも最初から終わりまで長々と読むのではなくて、聞いている人の根気がつづかずに居眠りするような人がいたら、もうそこでやめてしまうほうがいい、と弟子たちに教えたらしい。

人々が、もう少し聞きたいな、と思うくらいのところでやめておくのがちょうどいいのだ、と彼は言っているそうです。そこで、もしもう少し話をしたいのだったら、相手の好きそうな雑談をして笑わせ、リラックスしたところでもう一度話しはじめればいい、と。

だから、真宗の門徒たちにとっての寺での寄り合いは、酒を飲み飯を食べ、世間話をする中から、人生とはなにかとか、人間にとって死とはなにかということを語り合う場所であったのでしょう。

このあたりが、今から見ても蓮如のものの考え方の独特なところですし、彼の運動のユニークなところだろうという気がします。実際に、蓮如はこうして、没落した本願寺を奇跡的に再興した。ほとんど皆無だった門徒は、五百万人にもふくれ上がったと言われています。

蓮如はお喋《しゃべ》りについても面白いことを言っています。蓮如は常に喋ろ、と言っているんですね。

これまで日本の道徳では、賢者は弁ぜず、なんて言って喋る人間は愚かであるという思想がありますけれども、蓮如は、喋ることは大切なことだと言っている。喋らない人間はなにを考えているかわからない、と。しかも、喋ることによって自分の考えというものがまとまるわけですね。だから、どんなことでもいいから喋ろ、というのが蓮如の教えなんです。

喋ることを遠慮して、いつも口を重くしている人間は、自分は何か間違ったことを言うんじゃないか、何か愚かなことを言うんじゃないか、と思ったりする。自分が言ったことを他人がどう取るんだろう、というふうに心配ばかりしているから口が重くなるわけです。何でも言いたいとおりに言って、自分のありのままの裸の姿をさらさなければならない、というのが蓮如の考え方でした。

これまでの日本の思想家の中で、饒舌《じょうぜつ》は金《きん》であると、沈黙こそが不道徳なのであるとはっきりと言い切った思想家というのは、蓮如をおいてはいないような気がします。ところで、最後に蓮如自身の言葉を、彼が残した〈文〉から現代語訳で紹介してみたいと思います。ぼく自身は、彼の言葉の中から優れた組織者《オルガナイザー》の像を思い浮かべたわけです。

これは『乱世を生きる—蓮如の生涯』からの孫引きです。

〈だいたい、真宗の教えは、かならずしも出家・発心《ほっしん》する必要もなく、捨家棄欲、つまり僧の姿になることを必要としない。弥陀の本願を信じ、念仏して救われようという信心がきまるとき、極楽往生ははっきりと約束されるのだ。だから鴨《かも》の脛《はぎ》が短いのも、鶴《つる》の脛の長いのも問題としないように、各自の生業、生きざまのままで、商いをするものは商いをつづけながら、奉公をするものは奉公したまま、決してその生きざ

まを改めることなく阿弥陀仏の不可思議な願力を信ずるがよい。これが真宗で教える一念発起《いちねんほっき》、平生業成《へいせいごうじょう》の意味である〉

〈真宗親鸞聖人《しょうにん》の教えは、かならずしも出家発心の姿となることを原則としない、捨家棄欲の生き方をすることも要求しない。ただ弥陀に帰依《きえ》する心がおこり、他力《たりき》の信心を決定《けつじょう》したときは、決して男女・老若の区別をしないのだ〉

真宗の開祖である親鸞は出家することをその理想としていたわけではない、と蓮如は考えていたようです。

かならずしも出家する必要はないし、また同時に家を捨てたり、俗世間の欲を捨てたりすることを要求するわけでもない。

戦国の乱世を生き抜くために、心ならずも人をだましたり、あるいは生き物を殺したりしなければならない人々でさえも、念仏によってかならず救われるのだ、と教えている。このあたりのことを述べた〈文〉を、『乱世を生きる――蓮如の生涯』の中から再び引用してみたいと思います。

〈当真宗の信心の姿は、かならずしも自分の心がわるいとか、また妄念《もうねん》・妄執《もうじゅう》の心のおこるのをとどめて、信心をもてというのではない。ただ、商売をもし、奉公をもせよ、猟師・漁夫の仕事をもつづけよ。このようなあさましい罪業《ざいごう》をつみかさねるような生活に、日夜心をつかうあさましいわれわれのようなとるにたらぬものをたすけようと、お誓いになったのが弥陀如来の本願なのだ、と深く信ずるがよい〉

蓮如の念仏による救いは、信心に目覚めて最初に念仏した時に決まる、とされていたんですね。その後は、救われたことへの御恩報謝の念仏を生涯《しょうがい》唱えつづけることになる。それが、念仏者の理想的な信仰生活なわけです。

〈一心に二心なく弥陀如来の悲願にだけすがって、弥陀たすけたまえと思う心で唱える念仏の信心が、真実であるならば、かならず弥陀如来の救いにあずかれるのだ。こうして弥陀如来によって救われたのちは、どのような心がまえで念仏を唱えつづけるべきかというに、いまの信心によって弥陀から救ってもらった有難い御恩を報謝するために、自分のいのちのあるかぎり有難うございましたという意味の念仏を唱えるがよい。このような信心の姿が、真宗の信心が決定《けつじょう》した念仏者というのである〉

蓮如の説にしたがえば、信心が決まれば臨終に弥陀の迎えを待つ必要はなく、この世で往生が決まるということになる。これが、真宗の大きな特徴だと考えていいと思います。まだ生きている時に、信者は既に、死ねば極楽へ行って仏になることが決まっているわけです。

だから、念仏も、「弥陀たすけたまえ」から、やがて、「たすけてくれて有難うございました」に変わっていくわけです。蓮如は、自らすすんで村々を歩き、自分の目で村落社会の構造と実態をつかんでいったと言っていいでしょう。彼は、真宗というのは庶民によって支えられ、庶民の救いになることを目的にするのだということを、周りの人々に何度も繰り返し述べています。そして、自分をふくめたすべての門徒は親鸞の門徒であり、そういう意味では皆同じ法の仲間である、と考えていたようです。それを蓮如は、同朋《どうぼう》、同行というふうに表現している。蓮如の思想のベーシックなところにあるのは、念仏者はすべて平等である、という考え方だったと言っていいと思います。

蓮如の八十五年に及ぶ生涯は、この同朋、同行の思想の実践であった。

蓮如は、自分自身の目と肌《はだ》とで感じた村々での布教に関して、こんなふうに言っています。

〈村において正しい信仰をもたせたいものが三人ある。その三者とは坊主《ぼうず》と年寄《としより》と長である。この三人さえ村むらで本願寺の信仰に入ったならば、その他の末端の農民は

すべて信者となり、本願寺の仏法は繁昌《はんじょう》するであろう〉

蓮如は、布教に際してのさまざまな注意事項を坊主たちに与えているんですけれども、それがじつに肌理《きめ》細かく、また同時に非常に実用的だという気がします。

たとえば、布教に行く時の服装についても、真宗は凡夫《ぼんぷ》や在家の庶民に支えられて成り立っている教団なのだから、貴族的な服装や尊大な感じのする服装はダメだと言っています。衣は墨染めにせずにねずみ色を常用とし、袖《そで》も短くして貴族僧ぶらず、丈も短くせよと言っている。そして、相手が一文不知の庶民である場合には、親鸞の教えのポイントをわかりやすく説くべきだ、と述べているわけですね。さらに、寺での寄り合いでは皆で連歌を楽しんだり、ディスカッションを重視したりと、当時にしてはまったく新しい、革命的な方法で布教活動にあたった。

ですから、蓮如という人はすぐれた僧侶《そうりょ》であり、すぐれた思想家であるのと同時に、卓越した組織者《オルガナイザー》であったと言ってもいいのではないでしょうか。たとえ蓮如がすぐれた僧であり、思想家であったとしても、この組織者《オルガナイザー》としての才能が備わっていなかったなら、たかだか四十年の半生で、没落した本願寺を門徒五百万人の仏教王国に再興することは不可能だった、という気がしてなりません。

人間としての蓮如像　蓮如とその時代Ⅱ

「女人正機《にょにんしょうき》」の魅力

この間、京都の山科《やましな》から日野を巡り、福井の三国《みくに》、吉崎《よしざき》、そして能登《のと》と蓮如の足跡をたどってみました。

山科の蓮如の墓へは二度目だったのですが、最初に訪ねたときは、おや、という印象でしたね。何しろあれだけの人物ですから、さぞかし豪華な墓だろうと思っていたのです。ところが石垣《いしがき》の柵《さく》の向こうに土饅頭形《どまんじゅうがた》の小山があるだけで、さびさびとしている。実にさっぱりとした墓でした。

何か、先入観を裏切られた気もしたんですよ。でも、逆に僕はとてもいい印象を持ったのです。何百万人もの門徒を従え、八十五歳まで長生きして一世に君臨した人ではあったけれども、蓮如の初心というものは、実はこの墓に象徴されるようなものでなかったのか、と。ふと、そう思ったのです。

それから親鸞が生まれた日野で法界寺を訪ね、さらに三国へ向かいました。三国では、江戸時代の遊女で女流三俳人の一人といわれた哥仙《かせん》の寺を訪ねることができました。寺は、哥仙や他の遊女の墓があり、やはり浄土真宗でした。そこで話を聞いてみましたら、哥仙もしばしば寺に出入りをしていたそうです。当時の日本に、女郎屋を檀家《だんか》にする寺など、ほかになかったのかもしれません。しかし、あえて浄土真宗の寺は職業の貴賤《きせん》を問わず、ひろく底辺の民衆と接触していた。そこが面白いですね。

浄土真宗には、人を差別しないという思想が根底にあるようです。たとえ、動物を殺す猟師であろうと、漁師が魚を捕ろうと、すべての人は成仏できるという考え方があり、そうした当時の下層大衆に向けて蓮如も積極的にアプローチしていったのです。

もう一つは「女人正機」という思想です。女は昔から罪が深く、救われないと言われていた。どの宗教も女を遠ざけていたのですね。それを初めて親鸞が、女も同じ生きる人間であると説いたのです。だから、三国のお女郎さんも寺へ参ることができ、それを喜びにすることができたのでしょう。

その喜びとは、どんなものだったか。そういった多くの人々を引きつけた蓮如とは、どんな人物だったのだろう。僕は三国から吉崎へ足を延ばしました。

歓喜《かんぎ》を伴った信仰

吉崎では、昔の御坊跡などを見てから、有名な嫁おどしの肉付きの面を拝観したのですが、この面についてはいろいろ悪く言う人もいます。「肉付き」という生々しい民間伝承であるのに加えて、いかにも美談めいた作り話のような言い伝えがあって、それが周りに通俗的な印象を与えているのでしょう。実は僕も、その俗っぽさが嫌《きら》いでした。

しかし、冷静に考えてみると、この民間伝承は極めて大事なことを物語っている。農家の若い嫁が、何里もの山道を夜を徹し、あえて苦ともしないで吉崎まで蓮如の話を聞きに行ったという。おそらく彼女にとっては、蓮如の話を聞くことが無二の喜びだったにちがいありません。

今でこそ信仰は思想と結びついて道を求めるという受動的なものになっているけれども、当時は肉体や官能のすべてで喜びを感じながら信仰したと思うのです。そもそも思想とか信仰というものは、肉体性が伴うもので、だからこそ当時の信仰は本当に生きていたといえる。今は精神が信仰しているのです。「歓喜」とは喜びで体が震えることですが、そうしたエンターテインメントとフェスティバル的な要素がない限り、決して生きた信仰とはなりえないと思います。中世のヨーロッパの信仰も、すべてフェスティバルに結びついた「歓喜」の信仰でした。音楽や美術装飾で信仰儀式を盛り上げ、そのなかで喜びを感じたのですから。

そして、おそらく中世の農民は、食うのに精いっぱいで、虫けらのように生きていた。現代のように会話らしい会話もなかったでしょう。人との交際やコミュニケーションもなかった。そういうなかで、砂のように孤立していた一人の下層農民の嫁が、吉崎へ行く。すると、そこにはたくさんの人がいて、他屋が軒をつらね、人々が生き生きとした顔で行き来している。しかも、それぞれが念仏という一つの思想のもとに連帯感を持っていましたから、互いに親切でもあったでしょう。そして、声を掛け合いながら坂道を上っていったに違いありません。

やがて華やかな、浮き浮きとする雰囲気《ふんいき》のなかで、男性的で、セクシーなものさえ感じさせる男盛りの蓮如が話をはじめる。みんなが耳を傾け、話の要所要所では歌舞《かぶ》伎《き》で声を掛けるように、人々の念仏の声が波のように巻き起こる。そんななかに身を置くということは、何とも言えない喜びで、「ああ、生きていてよかった」というような歓喜だったと思います。だから、若い嫁は人気《ひとけ》のない夜の「嫁おどしの谷」も駆け抜けて、吉崎へ行ったのでしょう。

先ほど話した哥仙の寺で、住職のご母堂が「蓮如という人は、今の時代の私たちからみても魅力があります。その姑《しゅうとめ》は、自分が行きたくても年老いた足では吉崎へ行けず、明るい顔で帰ってくる嫁に嫉妬《しっと》を感じたんでしょうね」と話されていました。女のジェラシーがその底にあるのだろう、というのです。

嫁は、夫からも嫌《いや》な顔をされ、「おまえは、そんなに蓮如という男にひかれるのか」と言われたかもしれません。でも、一日働いて疲れた体を駆けて、吉崎へ行った。それほど強い吸引力を蓮如は持っていたのです。これが嫁おどしの面の伝承の眼目ではないでしょうか。

親鸞を背負って歩む

また蓮如は、人々に集まりを持てとも呼びかけました。それまで為政者たちに孤立化させられ、ばらばらだった大衆にとっては、これも大きな喜びだったと思います。その集まりで底辺の人たちは、蓮如の〈御文《おふみ》〉を核にしながら、胸襟《きょうきん》を開いて語り合い、心の中のもやもやを吐き出した。

その〈御文〉は、決して名文ではなかったけれども、分かりやすく、肝心なことがきっぱり心に入るように書いてあったのです。これに比べて、親鸞の言葉は反語とか逆説が多く、見事に詩的な表現なんですね。明治以来、多くの文学者が親鸞の思想に共感したのも、その高い文学性に負うところが大きいと思います。

しかし、蓮如の文章は凡庸でした。実用的、かつ単純で繰り返しが多く、詩的な比喩《ひゆ》をあまり使わない。フランスの詩人、ポール・ヴァレリーは「詩は舞踊であり、散文は歩行だ」と言いましたが、まさに目的に最短距離をもって、無学文盲《もんもう》の人たちに分かるように蓮如は書いていますね。後世の人に自分の文章が平凡で俗っぽく、「おまえの文章は分かりやすさだけが取り得じゃのう」と言われることも分かっていたと思いますね。蓮如は、親鸞の思想を踏まえながら、親鸞を背に負うような大きさを持っていたのでしょう。変ないい方ですが、親鸞に抱かれながら、親鸞を背負って歩いたのが蓮如でなかったでしょうか。僕は、二人は一体だと思います。ともに魅力ある、スケールの大きな人物だったに違いありません。

これらのなかでも、特に大切なことは、中世の親鸞や蓮如の思想が肉体性を持っていたということです。イタリアのルネサンスも、レオナルド・ダ・ヴィンチの絵画やミケランジェロの彫刻と一体になって躍動しました。それは歓喜、喜びであり、本来の意味の娯楽と呼び変えてもよかったでしょう。それがあったから、無学文盲の人も、宗教に関心のない人も、全部集めることができたのです。

エロチシズムさえ

蓮如が持ち合わせたものも、僕は第一に肉体性だと思います。次々と五人も妻を替えたと非難されもしますが、これは彼にしてみれば、女性とともに生きるという親鸞の「女人正機」の考え方を、身をもって積極的に体現しただけじゃないか。人は女性なしでは生きられない。それが大切なのです。しかも、おそらく中世の平均年齢は三十歳前後だったでしょうし、八十五歳まで生きた蓮如の妻たちが、次々と亡《な》くなっても、不思議じゃありません。

僧侶《そうりょ》が肉食妻帯するのは、親鸞の生きた当時の宗教界では、実にスキャンダラスだったと思われます。しかし、それは親鸞の思想そのものなのです。蓮如も魂の師、親鸞の道を受けついで、結婚をし、妻を亡くせばまためとった。それを幾度となくくり返したのは、彼の業《ごう》です。そんな蓮如に当時の女性たちは、あこがれや信仰上の尊敬だけでなくて、非常に人間的な共感を覚えたでしょう。非常に頼もしく、心強いことだったに違いありません。

そしてまた、五十歳、六十歳になっても若い妻を持つ蓮如は、男の側からも「男らしい男」と映ったのではないでしょうか。弁舌がたち、足が変形しそうなほど積極的に布教して回ったうえに、肉体性そのものとしての存在感も強かった。彼は非常に丈夫だったのです。あの戦乱の世の中で八十五歳まで生きること自体が、生きた信仰の証明だったとぼくは思います。

そのようなエロチシズムは、蓮如以前から親鸞自身にも深くありました。

蓮如においては、さらに似たことが言えるのではないでしょうか。彼には「偉大なる俗物」といわれる側面がありました。多くの人に慕われて素直にうれしいと思う。他方には、偶像化されまいと親鸞の気持ちをくみ取る心があり、彼の心には両方が矛盾した状態で共存していたようです。開祖の親鸞の思想そのものが、大いなる矛盾を内包していたのですから、当然なのです。性に悩む自分を救われぬ者と思いながら、それでも他人を救おうとする矛盾が、親鸞の思想にはあったのですから。

その思想を蓮如は、中世に引き継ぎました。矛盾があるから、強い宗教になったのですが、批判もされたのでしょう。繰り返しますが、親鸞に抱かれて育ち、そして親鸞をおぶって歩いたのが蓮如なのです。従来の日本の考え方は、二人を比べて、どちらが白か黒かとコントラストをつけようとしてきたようですが、それは間違いだと僕は思っています。僕は「親鸞・蓮如一体説」を採りたいですね。

苦しみの中から躍動

加賀の国で浄土真宗を中心に、農民、国人グループが百年間も大きな力を持つことができたのは、単に信仰上の深さだけが原因ではないと思います。そのころ差別されていた漁師やまたぎ、いわゆる定住農民以外の流民を布教の中心にしていたからでしょう。

彼らは新しい時代に伸びる技術集団であり、中世とは、そうした新しい大衆層が抑圧された時代でした。その抑圧の釜《かま》ぶたを開けたのが、蓮如ですね。

日本の中世は、ヨーロッパに黒死病や戦争があったように恐怖もあったけれども、一方で民衆の生命力が躍動した時代でもありました。北陸が真宗の拠点になった背景には、この風土があるでしょう。天候が悪ければ、気持ちも陰鬱《いんうつ》になります。抑圧が強かった所ほど、浄土真宗は強く、北陸で多くの人々が集う喜びは、開放的な山陽道とか西日本に比べて、はるかに大きかったと思います。

人間、幸せなときは、政治のことも信仰のこともあまり考えない傾向がある。必死に生きても、生きる望みがないときに、信仰は非常に強く表れるものです。それだけ北陸の闇《やみ》が深かったということにもなるでしょうが、権力者と被支配階級の関係が、この地ではことにきつかったのでないかとも思います。その苦しみの中から、あの大きな出来事が誕生したのではないでしょうか。

蓮如のなかの親鸞《しんらん》　蓮如とその時代Ⅲ

一般的にいって、明治以来の日本の知識人は、親鸞に対しては強く共鳴し、自らの思想的営為のバネとして重用してきましたが、蓮如に対しては、そのリアクションとしてなのか、逆に冷たい反応を示すというパターンがずっとあったように思います。〝蓮如スターリン説〟などが代表的ですが、どうもそういう形で評価される傾向が多かった。

親鸞は聖人《しょうにん》という敬称をつけて呼ばれることが多い。聖人という言葉には立派な人だけどちょっとつき合いにくい、私たちとは違った人というニュアンスがあります。親鸞はこの聖なる部分を背負っているわけですが、蓮如はちょっと違いますね。上人《しょうにん》という。蓮如は、門徒衆と話をするときは平座で向き合ったという話が伝えられております。高いところからものをいわなかった人のようです。北陸あたりでは、蓮如上人とはあまりいわず、普通は〝蓮如さん〟と親しみを込めて呼びます。また、蓮如に関するエピソードが、伝説とかゴシップの形で非常に広く流布《るふ》しています。アネクドートとかフォークロアというものは、それこそ民衆の間で記憶として伝承されてきたもうひとつの歴史だと私は思っていますので、蓮如の足跡や影響力をみていくときも、そういう点に注目したいのです。

ところで、知識人が蓮如を批判するポイントのひとつは、要するに信仰と教団経営の乖離《かいり》にあります。蓮如は、一本《ひともと》の野のユリのごとくつつましく清らかに生きた聖フランチェスコ型の宗教者というよりは、さながらヴァチカンのように、一国の政府にも匹敵するほどの権力を握った一代の梟雄《きょうゆう》と見られているのですね。しかも徳川時代に入ると、浄土真宗の寺は、権力と共同して民衆を管理する抑圧機構として機能した側面がありました。こうした点にも、明治期の特にデモクラティックな思想を持った人たちが強い批判の目を向けたように思います。

最近、私は記憶と記録ということを盛んに問題にしているのですが、記憶は社会的に遺伝し伝承されるという考えを持っています。人間の集合的な記憶、あるいは記憶の古層は文字によってではなく、はやり唄とか童話、あるいは冗談、地口《じぐち》など、形にならないさまざまな〝サブ・サブ・カルチャー〟によって伝えられる。しかもそれは母親とか祖母などのぬくもりの中で伝えられる。北陸あたりで、戦後生まれの人たちまでが蓮如さんと呼び、人間的な強い親しみと尊崇の念を感じているということは、この伝承された記憶によるものでしょう。伝承された記憶などというものは、明治以来の知識人にとって論理の外のことでした。しかし、親鸞や蓮如を理性的な判断だけで語ってしまうと大きなものが失われてしまう。明治以来の知識人たちも、宗教に対して知的にアプローチするという間違いを、いつのまにか犯しているのではないでしょうか。

親鸞は思想の完成者であり、蓮如は一代で教団を築き上げた世俗的な人物、といった単純な図式で知識人たちは蓮如を冷遇してきましたが、にもかかわらず庶民の間では、蓮如は強い親しみをもって語り継がれている。これはとりもなおさず、日本のインテリゲンチアと底辺の民衆との間に、大きな越えがたい溝《みぞ》が横たわっていることを示すひとつの例といえるでしょう。

ロシア正教の教会と民衆の関係

先頃《さきごろ》、ペテルブルグ、モスクワを旅行してきましたが、今ロシアでは、スターリン時代に破壊された教会が次々と修復作業に入っており、日曜日のミサには、ものすごくたくさんの人々がつめかけています。まだまだエルミタージュ（美術館）やコンセルバトワール（音楽学校）、あるいはオペラ座などが相当傷《いた》んでいるにもかかわらず、教会はちがう。

そもそもロシア正教の教会の内部は、実に豪華絢爛《けんらん》たるものです。陽《ひ》の光を通して輝くステンド・グラスとか音楽、僧侶の衣装、什器《じゅうき》など、どれをとってもすばらしい芸術であり、美術品といえます。清貧を貴しとする思想の中で生きてきた日本人の一人である私としては、つい、信者が貧しいのに教会がこんなに豪華でいいのかと疑問に思ってしまいます。しかし、ロシア人の友人に聞くと、それは違うという。

つまり、教会が向こうにあって自分たちがひざまずいているのではない。確かに自分たちは、小さな部屋に住んで貧しい暮らしをしているかもしれない。でも、教会は自分たちの公民館であり、ミュージアムであり、公会堂であり、自分たちのドーム、家なんだ、と。だから教会が立派で美しいことは、自分たちにとっても幸せなことだというわけです。教会の輝くステンド・グラスや絵画、彫刻、僧侶の礼服は、美的芸術を肌《はだ》で感じさせてくれる民衆の美術館である、という。すばらしい合唱や祈りのフーガは、自分たちのコンサートである、そして教典や説教は文学と詩だというんですね。つまり教会は民衆のカルチャーのドーム（家）なのだ、と。貧しい人には労働だけを与え、支配階級だけがさまざまなアートやカルチャーをエンジョイするという構造のほうがおかしいんじゃないか。彼らはそう言うのです。

民草《たみくさ》にアイデンティティーを与えた蓮如

蓮如はたしかに大きな教団をつくりあげました。教団は広い寺域と巨大な建物を誇り、そこにはさまざまな権力構造ができあがった。しかしこれは、当時の信徒たちにしてみれば、ある意味では、非常に心強い後楯《うしろだて》だったのではないでしょうか。戦国大名を始めとする政治権力に翻弄《ほんろう》される民草としては、念仏で救われる喜びだけでなく、現実的に本願寺という大教団とつながっているという安心感があったに違いない。教団というものは、必ず宗教と同時に成立していくものですが、それは一方的に上からつくりあげていって民衆の膏血《こうけつ》をしぼり取るという図式だけではなく、逆に信徒たちの無意識の願望として教団が成立するという側面があると思うのです。

ロシアの民衆が信仰を頭からではなく肉体から取り込み、教会と一体化しているように、民草にとっては巨大な本山があるということで、変転きわまりない世の中で弱者としての連帯感、安心感、共同体意識が持てたということも事実でしょうね。つまり本山は、草のような戦国の民の心の城であった、と。

蓮如の教団の組織の方法は、非常に攻撃的でアクティブでした。しかし、部屋の中で策謀《さくぼう》をめぐらすというよりも、おれは日本一の名号《みょうごう》書きだと自慢したり、民衆から見てとても親しみやすい人物だった。自慢話をしないのが聖人ですが、蓮如は、また「若いときは講を聴きたいという人がいれば、それが二、三人でも何十里という山道もいとわずに出かけていったものだ。わしほどわらじを履きつぶした人間もいないだろう」などとぬけぬけと自慢したりする。そこいらが知識人によくいわれないアキレス腱《けん》にもなっているんでしょうが、私はとてもおもしろいと思いますね。

こんな話も伝わっています。道を歩いていて畑を耕している農夫がいると、必ず「おい、おじさん、なぜそんなところを耕しているんだ。念仏というもっと大切なことがあるだろう。なに、念仏を知らない、念仏というのはね——」といった具合に問答を仕掛ける。農夫と差《さし》で田んぼに坐《すわ》って話し込む。

蓮如はまた、他宗の寺に出かけていって問答をふっかけ、打ち負かして宗旨変えをさせたといいます。蓮如にはこうした激しい問答を他宗に向けて仕掛けるエネルギーがあった。これは戦国時代の宗教が持つ戦闘的なエネルギーです。だからこそ蓮如自身がそれを選んだとはいえないまでも、加賀地方に百年にわたる日本で唯一《ゆいいつ》の宗教コミューンが出現するわけです。

蓮如のこうした野蛮ともいえるエネルギー、平気で自慢話をする神経のず太さ、また奥さんが亡くなると、次々に再婚し、その子供たちをきちんと教線の中へと配布していく政治的手腕は、どれをとっても実に生臭く俗っぽい。そこから純粋な思想家親鸞に対して、世俗的な成功者、マキアヴェリスト蓮如という図式ができてくるわけですが、でも私はこれは違うと思っています。

親鸞は「弟子一人ももたず」といっていますが、これは彼の理想であって、実際には精神的な弟子もいたし、道場といった法を語る場所もあった。人々は困ったことがあると親鸞に相談したし、手紙も出した。蓮如の御文《おふみ》、御文章《ごぶんしょう》といわれる手紙作戦は、その当時の浄土真宗のニューメディアだと最初私は思っていたけれども、いろいろ資料を読んでみるとそうではなくて、蓮如は親鸞の行ったことを拡大生産しているのですね。

また、親鸞は手紙の中で門徒たちに、弾圧を受けたときにはできるだけ妥協して、それでもだめな場合はその場所を退散しなさいとすすめています。蓮如もまた同じようなことをいっています。親鸞は妥協はいかんといったように思われていますが、実は蓮如は親鸞に学んでいるわけで、親鸞が無意識にしたことを蓮如は意識的に、しかも大がかりにやった。その点で親鸞と蓮如には根本的に、大きな差異はありません。

親鸞は自分が死んだあとは、自分の骨は川に流して墓をつくるなといったにもかかわらず、残された人が廟守《びょうも》りとしてあとをうけつぎ、やがてそれが世襲という形になったわけですね。そう見ると、蓮如は一代にして教団をつくりあげたのではなく、当時はさびれて衰えていた教団を巨大なものに再興した人なのです。その蓮如の世俗的なさまざまな個人的な欲望の拡大を信徒たちは自分の人格の拡大された姿として感じ、一体感を持つ。この感覚は封建時代の主従の感覚ではなく、アイデンティティー、帰属意識の問題だと思います。

アイデンティティーなどという概念など持ちようもない時代に生き、自分たちを罪深い存在であり、絶対地獄にしかいけないと思っているような民草に、アイデンティティーを持たせた人物として蓮如を位置づけると、蓮如という人物は実におもしろい存在に見えてきます。

〝非・常民〟連合のエネルギー

親鸞と蓮如は一見、相反するように思えますが、そうではなく、蓮如は親鸞の思想の実践者だった。親鸞の思想をつきつめていくと、その中には大きな矛盾をはらんでいます。親鸞は自分の思想の実現をあるところで踏みとどまったために、身をもって解決せずとも、信仰的思想の領域での格闘ですんだ。しかし思想的営為で終わったのでは、民草にとって宗教は高い所、遠い所にあるものにすぎません。親鸞の矛盾は、実際には蓮如のような手段をとらなければ解決できないものなのです。

おかしないい方ですが、蓮如は信仰とか宗教というものからもっとも遠いところにいる人々の心に割り込んでいった人物ですね。当時の流民や被差別の人々、そういう人々の中に自分たちの拠点を築き、彼らの支えで本願寺王国をきずきあげたわけですから。当時の本山というのは、いわば常民に対する〝非・常民〟といえる人たちの精神的アイデンティティーのよりどころでもあったと私は思っています。このような差別の底辺に拠点を置いた蓮如を、悪人正機《しょうき》という思想の実践者と見ることには、まったく違和感はありません。

吉崎の一向宗のコミューンは、全国から流れ込んだ職人や鉄砲鍛冶《かじ》、あるいは忍者や野武士などもなかにはいて、とにかく雑然とした集団だったようです。これもやはり非・常民の連合であっただろうし、そのエネルギーが加賀の一向一揆《いっき》につながっていき、中世の強大な諸大名に、あそこまで抵抗できたゆえんだろうと思います。

蓮如は、たとえば、信仰を広めるにはまず村のリーダーを抱き込めといっています。これなども、権力者を味方にして上から下へ命令を下すいやなやり方をした男だという人がいますが、そうではない。当時の農村は、講とか惣《そう》など民衆の自立した組織があり、中には裁判権を持つ組織さえあった。これらの組織の長《おとな》は、そこを支配しようとする大名や中央権力の手先に抵抗する民衆側の代表なのです。だから蓮如は、まずそういう人に働きかけたのです。

親鸞の思想に対する蓮如の思いは、『歎異抄《たんにしょう》』に対する姿勢にも現れています。この『歎異抄』について蓮如は、「無宿善の機に於《お》ては、左右《そう》なくこれを許すべからざるものなり」といっています。簡単に人に見せてはならない、ということでしょうが、これが蓮如への大きな批判のひとつとなっている。この「べからず」を、『歎異抄』の考えは教団の思想と食い違っており、危険な本で、親鸞のほんとうの思想が知られると自分たちの偽善がわかってしまうから簡単に見せてはならないという意味にとる人もいますけれども、「べからず」とは、ただ単に否定の意味でいっているのではないのではないか。『歎異抄』は、非常に逆説的な表現でほんとうの信仰を語っているから、その知的操作を理解しがたい素朴《そぼく》な人たちが読むと、たとえば悪をやればやるほど救われるといった短絡的な判断をしがちで、なかなか理解できないという意味でいっているのだ、と私は解しているのです。親鸞の教えは逆説的だからこそ、永遠の謎《なぞ》を含んでいる部分があって、作家や詩人や評論家をひきつけてやまないのでしょうね。その意味では蓮如はわかりやすすぎるのです。

民草の中の最も大きな草

一般に真宗は、宗教の持っている官能性をあまり評価しませんでした。絵像はいかんといい、名号を書いて与え、論理を仏としろというくらいで、美的感覚や官能性を否定しています。しかし、「肉付きの面」の伝説でもわかるように、一日中働いてくたくたになった農家の嫁さんが、何里もある道をわざわざ蓮如の話を聞きにいくほどですから、かなりセックスアピールのあった人だろうと思います。それは女性だけでなく男性に対しても同じだったでしょう。同時に、当時の戦国大名に匹敵するほどの人間的魅力とともに、おろかしさや虚栄心もまるごと持っていた。だからこそ民衆は蓮如に拡大された自己を見、民衆から慕われたのですね。

親鸞は信仰を、哲学、あるいはポエムの域にまで高めていったという感じがします。文学にもいろいろあって、小説はどちらかというと雑な仕事で、どこか蓮如の仕事に似ていて、欠点とかいやらしさまでもが魅力になる点がある。親鸞は詩人で蓮如は小説家、という言い方もできるのではないかと思います。

蓮如を民衆から切り離して、指導者として位置づけてしまうと、ちょっと変な感じになります。実は蓮如は、民草の中でも最も大きな草なのですね。あの戦国の時代、民衆に対して帰属すべき根というものをはっきりイメージさせ、それを指し示した。しかも蓮如は自分を捨てています。蓮如自身の個性は何もなくて、そのまま民衆の中へ溶解してしまうような存在なのですね。だから蓮如のいやらしさは大衆の持っているいやらしさであり、蓮如の世俗性は民衆の持っている世俗性なんです。

しかし親鸞も、ある種のエロチシズムを強く持っていました。六角堂の夢告の話などは、ものすごくエロチックですね。だからこそ自分を厳しくいましめていた人物だと思います。強大な宗教家は必ず世俗的な面や官能性を持ち、ある種のいやらしさを持ちあわせているのが真宗です。

ロシアの人がギリシア正教を取り入れたのは、教義が正しいと思ったからでも、論理構造が精密だったからでもなく、教会の儀式がこの世のものとは思えないほど荘厳《そうごん》で、あまりにも美しく、あまりにも官能的だったからでしょう。少なくともそれが一つのモチーフだった。自分たちが貧しければ貧しいほど、そこに至上の光を見たに違いない。それを無視することはできないでしょう。

信仰というのは現世と来世との微妙な狭間《はざま》に存在しているものです。たとえば親鸞は「父母のために念仏を申さず」といっています。念仏はだれのためでもないという。しかし、その絶対他力の帰命の選択は、人の心に限りない平安と希望とをもたらします。それが精神的な現世利益にどこかでつながってくる。そうでもなければ、あれだけ多くの民衆が一挙にして念仏の宗門に馳《は》せ参じることはなかったでしょう。

蓮如の築きあげた教団の大きさは、当時としては信じられないくらいのものですが、それは民草にとっては一つの大きな光であり、アイデンティティーを考えもしなかった時代の、アイデンティティーの確立なのですね。そこまで見ていくと、宗教から離れているという意見があるかもしれませんが、宗教というものは、本来そのように社会と切り離して存在するものではありません。つまり宗教は観念の世界のみではないということです。

親鸞は、それまで民衆に縁のなかった仏教の思想を、広く民衆に伝えたといえます。親鸞は、宗教改革を行った先覚者であり、蓮如はさらにその底辺を広げていったと考えてみると、蓮如も親鸞の歩いた道をひとすじに歩み、その道をさらに拡大したといえます。親鸞は「個的信仰の確立者」です。そして蓮如は「信仰共同体の確立者」である、と。すなわち親鸞と蓮如は、一つの信仰の二つの顔であると私は受けとっているのですが。

わが父、わが大和巡礼

今日のような大学の先生方の会議に私などが出てまいりますことは、非常になにかこう、力不足と申しますか、僭越《せんえつ》な感じがいたしまして、再三ご辞退したんですけれども、幹事の先生方、またほかの方々がそんなにこだわることもないからとおっしゃって励ましてくださったものですから、勇を鼓してやってまいりました。

もとより私は、学問と縁の遠いところで仕事をしております人間でありますし、年をとりましてますますそういう傾向が強くなって、もの忘れはする、間違いはおかす、人前でお話をしたり、ものを書いたりするたびにあちこちで恥をかいているんですけれども、きょうはできるだけ私個人に則したお話を、この大和という土地とのつながりにおいて、雑談めいたかたちでさせていただきたいと、思っております。

昔から、私は言葉でする即興音楽の演奏のような話をしたいと思っておりまして、いつもこういう機会があるときに、あらかじめきちんとしたかたちでの話の内容を記録したり、あるいは下書きをしてくるということをいたさないものですから、お聞き苦しいところが多々あると思いますが、ときには自分で、今日はとてもうまくいったなと嬉《うれ》しく思いながら帰ることもありますし、ときには聴衆に石もて追われるような感じで（笑）、壇を下りることもございます。きっとそれは自分だけのことではなくて、こういう場所で全国からこられた先生がたとお目にかかってお話をするということは、自分がもっている知識なり体験なりを皆さんの前にご披露《ひろう》するということだけでなくて、なにがしかそこに一期《いちご》一会《いちえ》という感じがあるのではありますまいか。

よく仏教、特に浄土真宗のほうでは「他力《たりき》」という言葉を申しますけれども、その場でとても面白い話ができて、そして話した本人も、話をきいて帰られる方も充実した時間がもてたなと感じられるときは、そこにある種の「一座《いちざ》建立《こんりゅう》」という気運が盛り上がっているときにちがいない。また失敗したときも必ずしも自分が怠け者で話が下手だからうまくいかなかったんじゃないというふうに、最近は自分で慰めるようになりました。

なんとなく今日は、宿を出てくるときから天気がよくて気持ちがよく、わりあい楽しい話ができるんじゃないかな、というふうな予感がありました。最後まで、ぜひお付き合いいただきたいと思います。

本題といっても、そもそも本題がないんですよね（笑）。津軽三味線とかフラメンコで、演奏が始まります前に手を叩《たた》いたり三味線を弾いたりして気運が盛り上がってくるのを待っているような状態があるんですが、そんな感じで、イントロダクションみたいなかたちで、しゃべっているうちにうまく糸口がみつかりますと、非常にうまくいくことがあるんです。

なにか、自分で自分の話をするというのでなくて、物語をつくる人間はある意味で霊媒といいますか、それらの「イタコ」（巫女《みこ》）のような、自分がもっているものをそこでお話ししたところで、それは自分の背の高さのことしかお話しできないんじゃないか。

自分という一つのくだ、よりしろを通じて、いろいろな人たちが考えたり、書いたり、あるいは書こうと思っていたりしたことを、そこから吸収して、それを投げ返すような役割、それがいわば語り部とか小説家の仕事だというふうに思ってまいりましたものですから、きょうはここで話をする側の役をいたしておりますけれども、実は話をほんとにしているのは私ではなくて、ここにお集まりいただいている皆さん方であろうというふうな感じでおります。

たまたま昨夜、法隆寺のすぐ裏手の誓興寺《せいこうじ》という小さなお寺に泊まっておりました。出てくるときに、法隆寺の前に修学旅行のバスが停《と》まって、黒い服を着た学生たちが何百人もぞろぞろと歩きまわっておりましたけれども、茶店で柿《かき》を売っているんですね。

そしたら大きな声で、「柿食えば金が要るなり法隆寺」なんて叫んでおりましたんで（笑）、ぼくはつい、CMのコピーの影響がここまできたのか、こういうなかから将来の広告青年などが生まれてくるんだなあと思いながら、なかなかいいことというわいと思ってきいておったんですが、実はその誓興寺という小さなお寺のトイレの窓から、ちょうどいい具合に夢殿がみえるわけです。

お風呂場《ふろば》と台所と手洗いがありまして、いずれの窓からも小さな道を隔てて雑草の茂った空き地があって、その先に大黒屋さんという非常に古い宿屋があります。もちろん皆さまもご存じだと思いますけれども、高浜虚子の『斑鳩《いかるが》物語』の舞台に出てくる旅館ですね。

その大黒屋という宿屋は、昔、会津八一《あいづやいち》さんとか、里見弴《さとみとん》さんとか、志賀直哉《しがなおや》さんとか、芥川龍之介《あくたがわりゅうのすけ》も訪れたという大変由緒《ゆいしょ》深い建物ですけれども、その大黒屋の崩れかかった屋根越しのすぐ向こうに、夢殿の法輪が望まれる。で、そこだけをかりに写真を撮りますと、例の入江《いりえ》泰吉《たいきち》さんのような、すばらしい芸術的な斑鳩の里のワンカットになるわけですが、残念なことに、その前にちょっとした広場がございまして、その広場に、真黄色にセイタカアワダチ草の群落が、立枯れになろうとしているような感じで生い茂っておりました。

そしてそのセイタカアワダチ草の大集落の端っこのほうへ、孤塁を守るという感じで白い美しいススキが一群、二群、二、三十本でしょうか、風になびいております。

皆さまも奈良や大和のあたりをお歩きになって、ずいぶんセイタカアワダチ草がたくさんあるなあというふうにお思いになった方もいらっしゃるかもしれませんけれども、昔からあるものじゃないですね、あの花は。

いまは大和川の流域はびっしりと、季節には真黄色なセイタカアワダチ草の群落で覆《おお》われてしまいますけれども、もともとアメリカ大陸から日本へ渡ってきた渡来種だと私はきいております。

正確なことは専門家の方でないとわからないと思いますけれども、私がまず一番最初にセイタカアワダチ草というものに関心をもちましたのは、一九五〇年代から六〇年代にかけてですが、九州の福岡の筑豊《ちくほう》炭鉱のあたりで非常に大きな争議やさまざまな合理化にともなう事件といったものが続発した時代がございます。

私はたまたまその頃《ころ》、ある農業関係の雑誌の取材記者をやっておりまして、上山田炭鉱とか、三井・三池の争議とかいうものの取材に筑豊へいっておったんですけれども、遠賀川《おんががわ》の堤防の流域に、夕方、実に美しい黄色い花が咲いている。

私は月見草だとばっかり思いこんでおりました。で、そのことをいいましたら、いや、あれはセイタカアワダチ草といって、ものすごい繁殖力と生命力があって、しかもその花粉がアレルギーを起こすという噂《うわさ》もあって、嫌《きら》われている花なんだと地元の方からいわれまして、ほう、これがセイタカアワダチ草か、アメリカから渡ってきて、筑豊などでよくこんなに茂っているなあと、大変印象深かったことを覚えております。

私がこの大和に足を運ぶようになりましたのは五年ほど前です。その頃は富雄川《とみおがわ》の流域とか、竜田川《たつたがわ》のあたりとか、セイタカアワダチ草がちょっとこのへんはあるなという気がしておりました。

それから三年くらいの間に、みるみるうちに、斑鳩の里から大和から、セイタカアワダチ草の群落がふえてまいりまして、ちょっといまは季節が過ぎておりますから立枯れの感じで汚のうございますけれども、注意してご覧になりますと、こんなにセイタカアワダチ草が繁殖しているのかというふうにお感じになると思います。「たたなづく青垣《あおがき》、山ごもれる大和」にセイタカアワダチ草がこれだけふえてきたのは、なにかあるんじゃないだろうかという感じが、以前からいたしておりました。

どんどんセイタカアワダチ草が日本列島を北上しつつあるというイメージが頭のなかにありまして、この北限はどこだろうという感じで、あちこち旅行するたびにみておりましたら、あまり北陸のほうにはないんですね。近鉄の沿線で名古屋のあたりまではチラチラとみかけるような気がしますけれども、東北とか、あのへんにはまだ目立つほどはきていないような感じがします。

何年か前に、久し振りに九州の筑豊へまいりました。で、飯塚《いいづか》という炭鉱だったところへまいりまして、図書館の館長さんをなさっている方に、どうですか、あいかわらずセイタカアワダチ草はすごいですかといったら、そのとき、非常に面白いお話をうかがった。

最近はススキが盛り返してきて、セイタカアワダチ草が少し弱くなってきた、最近の感じとしてはセイタカアワダチ草はススキに負けてるようだ、常にセイタカアワダチ草とススキとは一つの場所で陣取りごっこのように相争って、これまでは圧倒的にセイタカアワダチ草の一方的な勝利に終わっていたのが、最近はどんどんススキが筑豊にふえてきた、とおっしゃる。

そして、一番最後にその方がいわれた言葉が非常に印象に残りましたけれども、渡来種は在来種に一時的には勝つけれども、最終的には在来種が主権を回復するという意味のことを、訥々《とつとつ》とした九州弁でおっしゃった。

私は、そのときはそれほど気にも留めずにきき流しておりましたけれども、あとから、そのお話がとても暗示的な指摘であることに気づいたわけです。

渡来種は一時は大変な力でその土地を席巻《せっけん》するけれども、最終的には在来種に主権を奪われてしまう、やっぱり最後は在来種は勝つんだというふうな言葉から、実はセイタカアワダチ草とススキという二つの植物の争いだけではなく、ひょっとしたら人間の生活とか、あるいは文化の領域とかいったことのなかにも、そういうことがあるのではないだろうかと思ったわけです。

明治から百年間、私どもは西欧文明というものを規範として、ありとあらゆる分野で学んでまいりました。

生活の様式から、カルチャーといったものから、思想、あるいは宗教といったものをひっくるめてやってきて、ちょうど四、五年前にそういうものに対する一種の反省といいますか、日本のオリジナルなものを再評価しなければならないというふうな気運が出てきていた折でもありました。

そんなことから、なぜかそのセイタカアワダチ草とススキのこの二つが、日本古来のものと、それから日本列島に渡来してきた異種のもの、渡来種というふうな感じで二重映しになって、なんとなくこれは暗示的なことだなあ、と考えておりました。

そこで考えるんですけれども、日本において渡来種というのは、いったいなんだろう、と。たまたま先日テレビをみておりましたら、韓国の漢陽《はんよう》大学といいましたか、正確な名前はわかりませんけれども、大学の教授の方がこんなふうにおっしゃっていた。

先日の全大統領の来日の際に天皇のスピーチがあって、古い時代に日本は貴国からさまざまな文物を学んだ歴史をもっているというふうなくだりがあって、そのあとに、そういう深い関係にある両国が遺憾な関係にあったのは大変残念であったという言葉があったわけです。

けれども、それに対して韓国側の一人であるその大学教授が、かつてあなたの国が朝鮮半島及び大陸からさまざまの文化を摂取したという言い方は、ちょっと誤解を招く言い方ではなかろうか、というふうなことを語っておられたのをきいて、私は、なるほど、と思った。

たしかに西暦六世紀に、これはいろいろの説がございますけれども、百済《くだら》から仏教が渡来した。仏教が渡来したというのは、仏典及び経典、仏像といったものが渡来したのを、正式の仏教の日本への伝播《でんぱ》というふうに歴史のうえでは書かれております。

外国の文化が一つの島に伝えられるということは、物が渡っていったり、知識とか科学といったもの、簡単にいいますとソフトというんでしょうか、そういうノウハウ的なものだけが手から手へバトンタッチされるように渡されたというふうに考えるのは間違いなんですね。

半島、あるいは大陸、南方といったアジアの諸国から、それぞれの文化圏のなかで身につけた文化を自分で背負いこんだ人間たちがこの列島にたくさん、集団で渡来したというふうに考えていただきたい。モノが渡来したというより、人間がきた。

そして、多くの人々が自分の肌身《はだみ》につけたアイデンティティーとか、生活習慣とか、文化だとか、技能だとか、そういうものをそっくり、生身のからだで背負いこんだまま日本へ移住してきて、日本人として帰化してそこに住み、日本人と結婚して日本人になってしまった。

かつて日本に大陸、半島、アジアの諸国から文化が伝えられたというのは、人間が行ったんであって、物が行ったんではないということを考えてほしいという韓国の大学教授の話がありまして、私は、うん、なるほど、ほんとにそうだ、という感じがいたしました。

いわれておりますところの日本の国家形成の第一歩であり、しかもかたちに残った歴史という古代史の糸口が、大和の地方、あるいは河内《かわち》をひっくるめての近畿文化圏から成立したということは、常識的に考えても頷《うなず》けることとです。

当時繁栄した文物、文化というものは、たしかに先ほどの話のように、人間が宅急便でおくったんじゃなくて、自分自身がそういう生活の習慣や思考の方法や感受性などをまるごと背負いこんできて、この大和の地について、そしてそこでそれぞれの氏族というか、集団をつくりながら隣接した部族と交流を繰り返し、日本人、日本文化というものに成長してきたというふうに考えたいと思うわけです。

そのときにふっと、じゃあ、セイタカアワダチ草というのはどういう存在なんだろうなと考えました。

セイタカアワダチ草はアメリカ大陸から日本になにかで渡来して、そして日本では邪魔物扱いされながら、猛烈な生命力と繁殖力を示して日本列島に広がって、そして九州の炭鉱から北上して、いま大和から京都にもみえます。そのうちには、もっと上までいくかもしれません。

いま猛烈な勢いで繁殖しているセイタカアワダチ草の運命はどうなんだろうか。果たして九州の方がおっしゃったように、そのうちにはススキに駆逐されてしまって、日本列島から姿を消してしまうのか。

私は小説家としての想像力で考えますと、そういうススキの日本の社会をあげてのバックアップのもとに、ススキの愛護運動というものが出てきて、セイタカアワダチ草がどんどん南から追われて北のほうへ逃亡していくのではないか、と思うわけです。

一部ではセイタカアワダチ草が自衛隊の火炎放射器で焼かれたという話もききましたけれども、そういうかたちで追われ追われ、北上していって、東へいき、青森や津軽を経て北海道へいき、そこからも追われて千島からアリューシャン列島を経て、いつの日かアラスカへいき、また北米大陸へ戻るんじゃないか。

そのときこそ、彼らは長い長いオデュッセウスのような航海を終えて、自分の在来の地に戻るのかもしれない……なんてことを小説に書いたら面白いだろうなあ、と考えたこともございます。

でも、そのときに、セイタカアワダチ草という花、花粉症の原因とされたり、人から嫌われ嫌われながら繁殖を繰り返し、そして立枯れていくあの姿をみておりますうちに、なぜかふっと不思議に一人の男の後姿といいますか、そういうものが頭のなかに浮かび上がってきたわけです。

前に一度テレビでその話をしたことがありますけれども、私の父親でありました松《まつ》延《のぶ》信蔵という男の後姿とセイタカアワダチ草とが不思議にダブって、私の脳裏に浮かび上がってきた。私はいま五木という姓を名乗っておりますけれども、これはペンネームではなくて、戸籍上の現在の実名なんです。旧姓は松延と申します。男で旧姓というのは、ちょっとおかしいんですけれども……。ちょっと脱線しますが、昔、ここには有名な奈良師範という学校がございました。もちろんこれは女子師範ではありませんから、男性のほうなんですけれども、その同窓会名簿をみると、旧姓というのが圧倒的に多いんだそうですね。

ということは、養子にいかれる方が非常に多いものですから、旧姓ということになる。奈良県というのは、猿沢池《さるさわのいけ》のバスガイドの説明ではありませんけれども、「澄まず濁らず出ず入らず」というんですか、非常に守りに堅くて、財産をすり減らしたり、投機的なことで失敗するようなことのない、堅実な県民性なんでしょう。（笑）

さて、私の父親、松延信蔵という人物は、明治の末に熊本県と福岡県の県境のような非常に山深い山村の、もちろん水道も電気もなんにもありませんし、ほんとに山肌にへばりつくような小さな何軒かの集落なんですけれども、そこの農家の次男だか三男だかに生まれた人物なんです。

で、引き揚げてまいりまして、その父の実家に一時寄寓《きぐう》しましたときに、ほんとにびっくりしました。

これが人間の生活だろうかと思ったくらいに原始的な生活でございまして、水は五百メートルも離れた小川から汲《く》んでくる。日常の生活に使う水も全部そういうふうにして、バケツで汲んでこなければいけない。

夕方になりますと、「家の光」の古いページを破ってランプのほやを磨《みが》き、八時頃には寝てしまう。藁《わら》屋根の裏には、とても大きな白いヘビが棲《す》んでおりまして、昔のチベットにでもいったようなところでした。

そういうところで、ある程度の知的向上心と、外の世界で生きてみたいと思っている青年が次男、三男に生まれるとなかなか大変です。山地の小さな土地ですから、農家ですけれども、お米の配給を受けるような家なんですね。あとはコウゾといって、一万円札になる紙をつくる原料を川に晒《さら》して和紙をつくったり、竹の子を栽培したり、少ないけれどもみかん畑があったり、あるいは八女《やめ》茶というお茶がとれたりする。炭なども焼いておりましたけれども、そういう山間の雑業をやりながら、わずかな段々畑を栽培するという農家なんです。

長男が当然のことながら相続しますから、次男、三男になると、どっかへ出ていかなければならない。もちろん、そこにいて、深沢七郎さんの『東北の神武《ずんむ》たち』に出てくるような、若勢《わかぜ》のように住み込みの労働者として一生を過ごすこともできるでしょうけれども、それはとてもできない。

明治の末期に生まれて大正期に少年時代になって、ある程度の学校の成績をとった少年が、なにかして谷間の、空といっても、ほんとに帯のようにしかみえない小さな僻地《へきち》の村から脱出して自分の人生をつかみたいと思ったときに、学費の要らない学校へ進学する途《みち》がいくつかあったらしい。

軍人になるか、戦後ですと逓信《ていしん》講習所とか、税務講習所とか、警察官になるという途もありました。これは採用されれば月謝は要らずに寄宿させてもらって、なにがしかの給料が支給される。

そこで私の父、松延信蔵という一人の少年が選んだ途は、非常にいい成績で試験にパスして、師範学校の生徒になることだったんですね。

幸い、福岡県の小倉《こくら》師範学校という師範学校に入った。学校のほうの勉強はどうでしたか、あまりよくわかりませんけれども、剣道部のキャプテンとして大変活躍し、在学中には三段をとっていたそうですが、その小倉師範学校を卒業して教師になった。で、とりあえず地方の、貧農といっていいような暮らしのなかから、当時の日本の社会のなかでの知識人階級の世界へ、一つのカーストみたいなものを超えて、足掛かりをやっとつかんだというかたちで小学校の教師になるわけです。このなかに九州の方がいらしたら失礼なことになるかもしれませんが、福岡では、福岡師範学校というのが古い伝統がありまして、小倉師範はあとから出ている学校なんです。

それで小倉師範学校を出た人は、どうしても福岡では学校の校長になれないなどという説がありまして、なにかというと、多少非主流派のような扱いをうけていくので、小倉師範の出身の方は、学校の先生以外に転身される方が非常に多い。いまでも〈川筋会〉といって、政財界に小倉師範出身の方たちがグループをつくっております。

話は余談になりますが、そのなかで田舎の小学校の教師として、二十何歳でしょうか、赴任するわけですね。そこで出会った一人の女教師と恋愛をする。

その女教師というのが、当時の福岡女子師範を出まして小学校の教師になったばかりの私の母ですが、おそらくそういった時代のことですから、狭い小さな村で、若い独身の男の教師と女の教師が恋愛をするなんてことは、非常に好ましくないことだったんじゃないでしょうか。それで、私が生まれてまもなく、小学校の教師である男女の二人は九州を出て、当時の朝鮮半島の、あの頃ですから忠清南道とかいろいろあるんですが、そこへいくわけです。

つまり日本列島という島国に生まれて、日本国民としてそこで戸籍に登録されて、そしてその人間が植民地に支配者側の一員として出ていくのです。

しかし、いつも私は満蒙《まんもう》開拓民とか残留孤児のことをみても思うんですけれども、日本から北満とかブラジルとか、そういう方向へ移民、あるいは開拓民、あるいは仕事を求めて新天地に出ていった方々というのは、必ずしも進取の気性に富んだ勇気のある人たちだけではなくて、この列島のなかでどうしても住み辛《づら》く、疎外された人々がかなり多くはみ出していって外地へいくという傾向はあったと思います。

私の両親にしても、そういった学校教師同士の自由な恋愛という問題や、小倉師範という後発の学校を出ているために、自分の当時の美徳であった努力をして立身出世するという世界での途を阻《はば》まれているということもあって、多分そういうふうに外地へ出たんじゃないかなというふうに思います。くわしいことをきいたことがないものですから、かなり私個人の想像が入りますけれども。

それで、父は最初に、まだ二十何歳の若さでしたけれども、いまの韓国の光州とか大田《テジョン》とか、そのへんからずっと奥に入ったところの、ほんとに田舎の寒村の、普通学校の校長になったわけです。

師範学校を出てまだ数年しかたっていないような若造がいきなり校長になれるというのは、植民地だからのことでありまして、普通学校というのは、朝鮮人の生徒だけが通っている学校なんです。それで、その小さな村には、二組だけしか日本人がおりませんでした。

一つの家族は、当時の派出所がありまして、そこの巡査の家族、それから普通学校の学校長である私の父とその家族です。あとは、当時は半島人という蔑称《べっしょう》で呼んでおりましたけれども、そういう現地の人たちのなかで、ずいぶん長く生活いたしました。

その頃のことを考えますと、ときどき頭のなかに浮かんできますのは、赤松の林がずっと続く場所で、もちろん電気もガスもなにもないところで、玄関の三畳の部屋で机に向かって、どてらを被《かぶ》って、深夜、ランプを抱え込むようにして、鉛筆をもってなにかいっしょうけんめいに勉強をしておりました父の姿です。

子供の私が、夜中に便所にいこうと思って、寝ぼけまなこをこすってそこの座敷の横を通りかかりますと、朝の三時、四時頃、非常に寒い場所ですから深々《しんしん》と冷えるなかで、父はどてらを被って、厚い本を何冊も広げて、いっしょうけんめいノートをとっている。そして、その父親が起きている間じゅうずっと次の間に起きて、針仕事かなにかしながら、お茶を汲んだりなにかをやっている母親がいる。

ときどき、尾をひいて、犬の遠吠《とおぼ》えのような啼《な》き声がきこえるんですね。あれはなんだろうとあとでききましたら、ヌクテという、山犬みたいなものらしい。

朝鮮狼《おおかみ》でもないと思いますが、あれはヌクテだと教わって、ぼくはイメージのなかで恐ろしい動物が赤松の林のなかで、われわれ二家族しかいない日本人の家庭を闇《やみ》のなかから窺《うかが》っているというふうな、子供らしい幻想にかられて、寝つけない夜を過ごしたものです。

「万歳《まんせい》事件」というのがやはりその土地でもかつて大きな傷あとを残しました。もちろん直後ではありませんけれども、ずいぶん昔、そういう事件があった場所ですから、あとにして考えますと、たくさんのトラブルがあった土地だと思います。

その朝鮮人たちの間に、巡査と教育者という、朝鮮総督府の官僚の最末端に位置する零細官僚が二組いっていたわけですから、子供であるぼくなどと違いまして、両親の緊張や不安といったものは、すごいものがあったと思います。

そこで父親はなにをしていたかといいますと、普通学校の朝鮮人学校の校長をしながら、当時は文検とか専検とかいうのがございまして、さらに上級学校の教師になるための資格がある。その検定試験をとろうとして、必死になって勉強していたのですね。

それで何年かたちますと、突然祝電の束がきて、「合格おめでとう」ということになった。たしか二つか三つか、そういう検定試験の資格をとりましたが、私が六歳か七歳の頃に小学校にいかなければいけない。その土地には日本人の小学校はありませんから、なんとか日本人の小学校があって、当時の朝鮮のなかでは一番大きな都会であるいまのソウル、当時の京城にいくわけです。

京城というのは、日本側が勝手にくっつけた名前ですけれども、ソウルへいけば、朝鮮総督府の所在地でもありますし、植民地のなかの一つの双六《すごろく》の上がりのような場所なんですね。で、父親はいっしょうけんめいその検定試験をうけたり、資格をたくさんとって、そしてソウルのいい教師になろうとしていたと思います。

それが母親の内助の功といいますか、そういうこともあって、やっとそこを脱出して、私が小学生になる頃に、ソウルの南大門小学校という学校の教師になりました。それは、小学校のなかでは名門校だったのではないかと思います。そこでまた、えんえんとなにかやっているわけですね。いっしょうけんめい勉強を続けていました。

いまそのことを振り返ってみますと、当時は東北から九州までをひっくるめての農村疲弊状態のなかで、一九三〇年代には二・二六事件とか、五・一五事件とか、昭和維新とか、そういうことが叫ばれているそんな時代でした。

父親は一種の階級を上昇していくといいますか、九州の片田舎の農村から出て、日本の中枢へ向けての気の遠くなるような階段を、とにかく検定試験をうけて資格をとり、高等文官試験などははじめから縁のない話ですけれども、下級官吏の階段を一歩一歩昇っていこうとしていたに違いありません。

それは日本という国自体が国連を脱退したあと、アジアの盟主と称して、富国強兵の途をどんどん辿《たど》っていきながら、高度成長を遂げていた時期なんです。ちょうどその時期と、私の父親である青年教師の青春とが、ぴったり重なっていたのではないか。それがなんであれ、とにかく近代国家の強国として日本は階段を営々として昇り続ける。それと同じように、父親自体も自分の人生をそこに重ねて、営々として教育界における階段を昇り続けた。

そして私が小学校の四年か五年の頃、国民学校という名前に変わった頃に、父親はめでたく第二の任地であるいまのピョンヤン、平安南道の平壌というところにある平壌師範学校の専門部といって、中学や普通の師範学校を卒業した人たちが入ってくる高等師範と普通の師範の中間のようなところだと思いますが、そこの教官の資格を得て赴任するわけです。

ですから、そのときは父親にとって、気持ちのうえでの絶頂期にあったのではないかと思います。九州の山猿《やまざる》のような生活をしていた男が、こんなふうにして小学校から中学校、さらにもう一つ上の、いまでいうなら短期大学とか高等専門学校でしょうか、そういうところの教師になった。

そして、そのへんで一番最後に父親が目標として考えたのは、大変みみっちい話ですが、当時の植民地に視学という職がありまして、それをめざしたようです。私はよく存じませんけれども、いまの教育長とか、そういうところなんでしょうね。おれはいつか視学になるんだというふうなことを、酒に酔うと公言しておりました。

当時、父はあのヒットラーのような髭《ひげ》をはやしておりましたけれども、考えてみますと、私が長い間父親に対して非常に親しみのない感情をもっていたのは、その時期の父親の記憶が長かったからのような気がいたします。父は剣道部の部長をやり、武徳会の役員をやっておりました。それで国文の教師をやっておりましたので、当時の皇道哲学といいますか、そういう方向を自分の拠《よ》り所《どころ》としていたような気がいたします。

石原莞爾《かんじ》将軍の東亜連盟などにも関心を示しておりまして、ときどきは平壌のなかの青年将校などと、剣道を通じての付き合いなどもあったようです。

福岡県の人間というのは、ほらふきといいますか、よそにいって大陸浪人風のことをやりがちな傾向があるんです。その頃の父親が熱中して読んでいたのは、賀茂真淵《かものまぶち》とか平田篤胤《ひらたあつたね》とか、本居宣長《もとおりのりなが》などもそうです。そういうものと、ドイツ哲学ですね。もちろん、日本浪曼派《ろうまんは》系のいろいろな評論家のものも読んでおりました。

いまだに覚えておりますけれども、私が中学に入る前に、父親の机の上をちらっとみましたら、原稿用紙の束があって、それが綴《と》じてあった。出版社にでも送りたいと思っていたんでしょうか、そのタイトルが「禊《みそぎ》の弁証法」というものだった。

きっと、ヘーゲルと賀茂真淵と平田篤胤を組み合わせたような文章だと思いますけれども、そういうものがはやっていた時代なんですね。でも、父親にしては大まじめだったのでしょう。

この皇道哲学というのを最近ときどきしゃべりますと、速記では必ず「行動哲学」になっちゃうんですけれども、アンドレ・マルローではありませんで、皇国《すめらみくに》の哲学ですね。

それを片方でやりながら、片方では剣道をやり、詩吟をやっていた。私はその頃まだ小学生でしたけれども、ほんとに父親の顔をみるのが憂鬱《ゆううつ》で仕方がありませんでした。

朝の六時半頃から、雪が降っていようと雨が降っていようと、図書館の司書も兼ねておりましたので、学校の中の官舎に住んでいたんですけれども、大きな戦陣訓の碑がありましてその碑の前に引っ張り出されて、竹刀《しない》をもって切り返すとか、そういう剣道の稽古《けいこ》を三十分くらいさせられる。

そのあと、今度は詩吟をやらされるわけです。それも素人《しろうと》芸ではなくて、専門の詩吟のうまい人を引っ張ってきて、その人に指導させて、小学生に歌わせるんですから、こっちはたまったものじゃありません。

ただ、子供の教育って恐ろしいなと思いますのは、大学時代に読んだトルストイとかドストエフスキーとか、そういう文章などは全部忘れてしまっていますけれども、十一、二でしょうか、その頃に歌っていた詩吟の歌詞などがふっと頭の中に浮かんできたりする。

大楠公《だいなんこう》とか小楠公とかいうのがありまして、「虎《とら》は死して皮を残し人は死して名を残す」とか、ばかばかしいんですけれども、維新の志士が「妻は病床に伏し子は飢えに泣く」という感じで、志を立てて義のために赴くところで、「頭《こうべ》をめぐらせば蒼茫《そうぼう》たり難波《なにわ》の城」なんてのがあって、そういう言葉が脈絡なくふっと、いまでもご飯などを食べておりますときに出てきます。

前に酒場で、昔戦争にいった人たちが軍歌ばっかり歌っているんで、ちょっと静かにしてほしいといったら、なんだ、おまえたちは戦争の経験もないくせに、おれたちの気持ちがわかるかとかなんとかいって凄《すご》まれたことがありました。

そのとき私は、ぼくらも少国民として当時十代で、戦争ではいろいろ苦労もしたんですよ、と言ったんです。あなた方はそういうことをおっしゃるけれども、おそらく大正生まれの方でしょうが、そう軍人、軍人とおっしゃるんだったら、軍人勅諭をいってみてください、覚えてますかといったんですね。

すると、その人は、知ってるとも、といって、「一つ、軍人は忠節を尽くすを本分とすべし」と、五箇条というのがあるんですが、なんとなくそのかたちをいわれたんです。

だけど私は、いや、私がいってるのはそういうことじゃない、軍人勅諭には前文と本文がある、それをちょっといってみてほしいといいましたら、あたふたして、「え

っ、なんだったっけな、そういえば習ったけど——」などといって困っておられましたけど。（笑）

私どもは、魂の軟らかな、まだ固まっていないゼリーのような魂をしていた小学生の頃にそういうものを叩《たた》きこまれて、強制的に覚えさせられた世代なんです。そういうときに刻みこまれた記憶というのは、大学時代にすすんで学んだ勉強とは違って、一生消えずに、傷痕《きずあと》のように、アウシュビッツの虜囚たちが腕に入れ墨があるように、残るものなんですね。

「一つ、軍人は礼儀を正しくすべし、およそ軍人には上元帥《げんすい》より下一卒にいたるまで、その間に官職の階級ありて統属するのみならず、同列同級とても停年に新旧あれば、新任のものは旧任のものに服従すべきものぞ——」などと、ぜんぶ暗誦《あんしょう》しますと一時間くらいかかります。（笑）

ぼくはむずかしいお経などはなかなかおぼえないんですけれども、この軍人勅諭だけは全部言えます。実にばかばかしいことを背負いこんでいるものだと思います。

話が余談になりますけれども、宴会の席などでなにかやれといわれても、カラオケも苦手だし、することないんで、手旗《てばた》信号なんてのをやらせてもらっています。海洋少年団にいっておりましたので、こういうふうにやるんですね。

手旗信号とか、モールス符号とかを、この年になってどうして十一、二歳の頃に叩きこまれたものが消えずに残っているのか。

なんとかこういうものをふりはらって、新しい知識を吸収したいものだと思うんですけれども、それが出来ない。ですから年少の頃の教育がどんなに大事かということを、身に滲《し》みて感ずるわけです。

さて、そんなふうにして、私の父親は、自分の家庭では暴君であり、戦争中もずっと戦争のイデオローグとして教育に携わり、皇国教育に携わっておりました。当時の平壌師範学校には優秀な成績で入ってきた朝鮮人学生もおったんですが、非常に厳しいスパルタ式の教育というか、なんといいますか、竹刀で殴るとか、そういうこともやりながら、当時の合言葉でいえば、内鮮一体とか、そういう言葉をとなえながら、昭和二十年を迎えるわけですね。

ちょうどその頃、父親はようやくなにかのコネクションがあったらしくて、視学への途《みち》に近づきつつあったような気がいたします。視学になるということは、父親にとっての双六《すごろく》の上がりなんですね。非常につましい望みですけれども、そのゴールに近づきつつあるところに、突然、敗戦というものがきた。

明日は大きなニュースがあるからというので、母がいったいなんでしょうときいたら、父親が傲然《ごうぜん》として、これはソビエトがアメリカに宣戦を布告するのである、もう日本は大丈夫だと、ほんとに心からそう信じていったんですね。それで八月の十五日に外地で敗戦になったわけです。

敗戦になると同時に、若い数人の朝鮮人学生が、腕に人民委員会の腕章を巻いて、拳銃《けんじゆう》を下げて、びっくりするような凛々《りり》しい服装で立ち現われてきたものですから、親父は仰天した。きみたちはいったいなんだというと、私どもはずっとこういう組織のなかでやっていた、金日成指導のなかでやってきたメンバーである、というわけです。

まさか自分の教え子が、そういう地下組織の抵抗運動をやっていた連中だなどと夢にも思わなかったところが、皇道主義者という人たちの甘さなんでしょうけれども、愕然《がくぜん》として、言葉もないようなありさまでした。

そのなかで家を接収され、大学にはソ連軍が入ってくる。そういう混乱のなかで、母親が敗戦から一月ほどして、不幸な事故で亡《な》くなりました。

父親は、敗戦というショックで日本の国が大きく変わったということよりも、日本の国と抱き合わせて歩いてきた自分の人生そのものが崩壊したということで、非常に大きなショックをうけたようです。

現実的な意味では出世の道も閉ざされてしまい、日本人としてパスポートをもたない難民になりさがってしまって、きのうまでこき使っていた生徒が人民委員として権力を振るうようになった。

それからもう一つは、自分がそれまで信じてきた哲学、あるいは思想、天皇《すめろぎ》の道とか、あるいは日本の国学思想プラス・ナショナリズムのような思想が、全部一挙に崩壊してしまって、禊《みそぎ》の弁証法どころではなくなっちゃったわけです。シラミだらけの難民ですからね。

それからもう一つ大きなことは、そういう日本男子の道というふうなことをいってやってきて、絶えず床の間に日本刀を飾ったりしていた剣道三段の猛者《もさ》が、ソ連兵の自動小銃の前になす術《すべ》もなく強奪、暴行されて、なんの抵抗もできない。母親の死に際しても全く無力であったということは、人格崩壊を起こしかねない大きなショックであったように思います。

私は父親が大きな声で泣くのを生まれてはじめてみましたけれども、あれほど傲慢で、髭《ひげ》をはやして大言壮語していた教育者が、母が死んだときまことにみるも無残に泣きわめいて放心状態になってしまって、そのあとは全く家父長としての役割が果たせない。

生まれたばかりの妹がおりましたし、弟もいました。とりあえずそのなかで私が家父長の代理を果たさなければならない。廃人のようになって、ぼうっとして酒ばかり飲んでいる親父を激励しながらやってきました。やはり少国民というのは、そういうときにはなんとなく底力が出るものでしょうね。深夜ひそかに北朝鮮を脱出して、三十八度線を徒歩で越しまして、仁川の港から博多《はかた》の港へ昭和二十二年初頭に到着いたしました。

引揚げ後は父親の生活が一変してしまって、闇屋《やみや》をやったり、いまはたいへん流行《はや》っておりますけれども、熊本のさつま芋で密造酒をつくったりしました。そのあと地元の高等学校に就職などをするんですけれども、授業中に黒板のほうを向いてウイスキーの小瓶《こびん》を飲んでいたとか、さぼって久留米《くるめ》競輪にいっていたとか、いろいろなことがありまして、しょっちゅうトラブルが絶えない。かつての禊の哲学者も、競輪、競馬、酒、と放蕩無頼《ほうとうぶらい》のなかで、やがて結核を患《わずら》って亡くなりました。五十六歳でしたか……。

こうして父親の一生をずっと振り返ってみて、つまり国家と個人とが重ね合わせで伸びてきて、両方が共に崩壊する。そのあと日本は新しい体制、あるいはアメリカの司令部のもとで不死鳥のように蘇《よみがえ》って、朝鮮戦争で高度成長を遂げてくるわけですけれども、そのなかに巻き込まれた個人というものは、出直すことができないんですね。

私の父親は教育者としていったん上昇気流にのった。そしてほんとにそれを信じて、それなりに努力もし、情熱も傾けて皇国の民として一生を歩き、敗戦で完全に崩壊する。そして戦後の民主主義のなかで立ち直って、もういっぺんやり直してみようとしたができなかった。そのことを考えますと、非常になにか哀れな感じがいたしますし、逆に、今はかつての父親と違った意味での人間的な親しみを最近おぼえるようになりました。

そこでお話ししたかったのは、実はそういう父親が朝鮮にいました頃いつもいっていましたのは、剣道大会が昔の橿原《かしはら》神宮のところであったんですが、それに部員を率いて出たいということでした。そして父親の本棚《ほんだな》には、亀井勝一郎《かめいかついちろう》さんの『大和古寺風物誌』だとか、和辻哲郎《わつじてつろう》の『古寺巡礼』だとか会津八一の歌集とかいったものが、国学的な本と並んでいつもあったことを思い出します。

母親の本棚のほうには『小島の春』とか、森田たまの『もめん随筆』とかいう本がございましたけれども、父親のほうにはいつも大和の本がある。『万葉集』も愛読していたようですし、片方でそういう国粋主義者風の大言壮語をしながら、常に大和という地方に対してコンプレックスを抱いていたようです。

九州の福岡の出身ですから、全然関係ないんです。かえって磐井《いわい》の叛乱《はんらん》とかなんとかの地元ですから、この大和に対しては敵対意識をもつべきはずなのに、非常に深い大和に対する憧憬《しょうけい》の気持ちをもち続けていた。これは、当時のインテリゲンチア全部にそういう共通したことだったらしい。兵隊に行く学生が『古寺巡礼』を携えているという、そういうことがあった。

私がいろいろお世話になっている斑鳩《いかるが》のお寺のご院主のかたが、郡山《こおりやま》中学の出身なんですね。郡山中学というのは名門で、昔、宮本常一さんという、優れた在野の学者がいらした学校です。

その宮本先生の話ですが、先生が兵隊にとられて北支に従軍をしていった。そして万里の長城だかなんだか、そういう大平原が見渡せる場所で、月光が冴《さ》え冴《ざ》えと照りわたっている。で、月光のなかで、まわりを見回したら誰もいないので、銃を置いて、背袋にいつも入れていた文庫本の『万葉集』を出して読みふけっていたら、突然後ろからすごい大きな声がした。

びっくりして立ち上がったら、見回りの将校がいて、「おまえはなにをやっている。それはなんの本だッ」といって、その本を取り上げて、「なんだ、マンバシュウか、これならよい」といったそうです。（笑）

『万葉集』のことを「マンバシュウ」と将校がいったことをいまでも思い出す、あの月光の下で読んだ『万葉集』のことは忘れられないと、宮本先生が述懐していたのをよく思い出すと、そのお寺のご院主がいっておられました。（笑）

つまり、『俳諧《はいかい》歳時記』などがありますね。面白いことなんですが、『俳諧歳時記』というのは、いま文藝《ぶんげい》春秋などで山本健吉さんが出しておられるけれども、ブラジルとかあのへんにいきますと、よくあるんです。昔の商社員とか、あるいは開拓民とかが——。私もそういえば、自宅には『歳時記』『俳諧歳時記』があった。子供ですから、すくなくとも平田篤胤よりは面白いですから、『俳諧歳時記』はよく読んでいました。

それで引き揚げてきまして、福岡県の中学に入りました。そして綴《つづ》り方《かた》の時間に「啓蟄《けいちつ》」なんて言葉を書いたら仲間がふしぎがったりするんですが、ほかにもそういう言葉を知っている友達がいる。きいてみたら、やっぱり引揚げ者なんですね。

ということは、『俳諧歳時記』というのは、日本のなかで俳句をつくる人たちにも読まれたでしょうけれども、そうではなくて、日本の列島と離れて異国にいる人たちの間で非常に拠《よ》り所《どころ》とされ、読まれたものらしいですね。私の家にも『俳諧歳時記』と『日本刀剣名鑑』というのがありました。

日本刀とか、俳句とか、あるいは大和とかいった言葉は、外国人の土地、そしてその土地の人々を力で制圧した人間が、そこで暮らしながら、なお日本民族としてのアイデンティティー、心の拠り所というものを激しく求めるときに出てくるものかもしれません。

福岡県出身の父親にとっては、玄洋社でも内田良平の黒竜会でもなく、やはり大和は国のまほろばであり、『古寺巡礼』、それから『俳諧歳時記』、そういうものをもつことで、日本人としての後ろめたさ、つまり植民地に支配者としていることの不安というもの――それはソウルあたりにいて、軍隊と強大な官僚組織のもとにいれば不安などは感じないかもしれない。

ソウルのステーションホテルなどは、ほんとに贅沢《ぜいたく》なものでしたけれども、日本人の家族は巡査と校長だけというような、山犬が夜中に啼《な》くような寒村におりまして、昔の万歳《まんせい》事件の話などをきいておりますと、いつ自分たちがそういう人たちのルサンチマンのもとにさらされるかもしれないという不安は、非常に心のなかに深くあったと思います。

そういう人たちが、心のなかの不安というものを打ち消し、打ち消し、なお日本人として強くおのれを意識するときに思い出されるのが『歳時記』であり、日本刀であり、神社であり、そして剣道の大会であり、さらに、大和だったんですね。

ですから酒に酔ったときなどに、「われ大和にしあらましかば――」などとやる。当時は鴨緑江節《おうりよつこうぶし》とか白頭山節とかいう、ちょっと粋《いき》な小唄《こうた》がありまして、酒を飲んだ人はみんなそれをうたったものですけれども、私もそれをよく覚えておりますが、そういうのと一緒に、「われ大和にしあらましかば――」と、親父が晩酌《ばんしゃく》をしながら、つぶやくようにいう。

全然大和に関係のない九州の片田舎の男が、なんで大和だと思いますけれども、その心情を深く考えてみますと、やっぱり『万葉集』以来、記紀の時代をへて、この国でつくられてきた、あるいはこの大和でつくられてきた支配者たちのドラマ、そして支配する人たちの悲劇、支配する人たちの美学といったものが、非常に深く深く当時の一億日本人の心の支えになり、拠り所になっていたということは、疑いない。父はそういうふうに大和を思想的にといいますか、精神的にといいますか、憧《あこが》れ、しかも恋しながら、最後はそんなふうに競輪場で倒れて亡くなるような終わり方をしました。

そのことなどを考え、私がこうして大和へふらりとまいりますと、父の考えていた大和と私のみる大和とは、ずいぶん違う大和ではありますけれども、そこに一抹《いちまつ》の、言葉に出せないような悲哀を感ぜずにはいられないわけです。

いいところだけをまわりますと、大和もなかなか味わい深い、実に魅力に富んだ場所ですが、またさっき申しあげましたように、夢殿の甍《いらか》を覆《おお》うようにしてセイタカアワダチ草が咲き誇り、法起寺《ほうきじ》のあたりはビニールハウス越しに塔がみえる。法隆寺にいきますと、法隆寺カントリーというゴルフクラブの看板がありまして、私どもは市井《しせい》の人間ですから、どうしてもそういう生きた大和のほうへ目がいってしまいます。

けれども、かつてこの土地の山、この空、そしてこの道といったところを、半島とか大陸とか、あるいはブラジルとか、そういう蒼茫《そうぼう》の彼方《かなた》から憧れ続けていた日本人がたくさんいたんだなあ、そして、自分の血につながる父親もその一人であったんだなあと思いますと、個人がどんなふうに挫折《ざせつ》を繰り返して亡くなっていっても、不死鳥のように蘇って、またなにかをつくりだしていく一つの国家というものを讃嘆《さんたん》するというよりも、ある種の不気味さを感ぜずにいられないわけです。

国というもの、国家というものは、なくてかなわないものである。特に立場の悪い人間ほど、そういう強い国、強い国家というもの、あるいは強い支配者に憧れるということがある。

いまのレーガンの人気とか、ロサンゼルス五輪大会のアメリカ・ブームとかいうものも、いまむずかしいところにいってるんだなあという感じがいたしますけれども、そのなかで、この大和というものが絶えず文学的な、あるいは学問的なテーマとして取り扱われ続けるということは、非常に面白いことだと思います。

それと、私のなかにある大和というものをその光のなかの大和と対峙《たいじ》させて考えてみますと、もう一つ陰のなかの大和というものもあるだろうと思う。

これはなぜかといいますと、陰のなかの大和というのは、あまり資料がないんですね。だからいろいろな想像ができる。勝手な想像はできますけれども、想像というのは学問ではありませんから、こうではなかろうか、ああではなかろうかといっても、どうにもならないんです。

でも、小説家という人間の、ある意味での特権というものが、そういう資料というものを超越して、あれは与太話だよと笑われながらも面白がられるなかで、自分なりの空想を繰り広げることが可能であるのかもしれない。

たとえば、大津皇子《おおつのみこ》と草壁皇子の二人を対比させて、大津皇子が非常に眉目秀麗《びもくしゅうれい》で文武に優れ、信望も篤《あつ》くて、このままでいくと、あとの支配者はこの大津皇子にきまるに違いないというふうに草壁皇子のお母さんが心配して、そして大津皇子を処刑したといわれます。

だけれども、ひょっとしたら大津皇子の方が逆にちんちくりんで、非常に嫉妬《しっと》深くて、陰謀家であって、みんなに嫌《きら》われた人間であったということが考えられないことはないんですね。ちょっとした文章の表現のなかに、そういう面影《おもかげ》もちらっとあります。だけど、私たちはそういうふうには考えない。

二上山の大津皇子の悲劇というふうに考えますから、そのなかで自分たちのロマンをつくっていくんですけれども、もう一つ、大和という国に対して一つのコンパスを円の中心に据《す》えて、そこに大和とか日本の歴史とかいうのを考えていくのではなくて、二つの中心点をもつ楕円《だえん》のようなもの、もう一つの中心点をそこに設定する。もう一つの中心点ということをいい換えてみますと、この土地に生きた人間の歴史ということですね。

支配構造の変遷《へんせん》という、国家がどういうふうに形成されていくかということも、一つの中心点になる。

しかし、その国家をつくっていくなかで、たとえば「人垣《ひとがき》」などという言葉がありますね。『万葉集』のなかに「歌垣」という言葉があるので、「人垣」という言葉をちょっとロマンチックにいってしまいがちですけれども、埴輪《はにわ》がつくられる前に、人間を垣根のように並べて大君《おおきみ》の御陵の周辺に埋める。その人たちが大きな声で泣き叫ぶ。それが一つの弔《とむら》いの儀式なんですが、そのときに人垣にされた側のこと、生きながらあの陵の周辺にずらっと並んで垣根のように埋められたということを考えますと、すごい時代だったんだなあと思う。

そしてまた、「大和の闇《やみ》は濃い」という言葉があります。タクシーの運転手さんも、そういうことをいいますね。最初に大和に私がきたときに、「五木さん、大和の闇は濃いでしょう」とお寺のご院主にいわれて、「そうですね」といったんですが、それは、いくつもの意味があると思います。

奈良の人は非常に早寝早起きですから、早く電気が消えてしまうので暗いということもあるでしょうし、ネオンなどが少ないので、物理的なこともあると思います。でも一方では、奈良は上代から、どんなに美しいロマンチックな斑鳩のようなところであっても、ほんとにたくさんの血の流れたところです。

奈良は、親子、兄弟といった人々が政権をめぐって争い、美しい挽歌《ばんか》に飾られてはいるけれども、そこはほんとに流血の繰り返されたところであり、そのなかには、ものいわぬ人々、資料としてなにも残すことのなかった人垣たちの歴史もまたある。

そんなふうに考えますと、もう一つの視点というものが、なんとかこう、大和をみるうえで、自分の想像力のなかに見据えなければいけないのではないかなあと思う。

大和の奈良盆地というものを、朝日映す三輪山《みわやま》のほうから山辺《やまのべ》の道、そして大和三山という、あちらのほうからだけみるのではなくて、河内と大和の境に、そして西方浄土の結界であるともいわれるような金剛山系、その金剛山系が生駒《いこま》山系と触れ合うところに二上山があります。

その二上山をずっと南下していって、二上山、葛城《かつらぎ》、金剛、そしてまた吉野・熊野《くまの》という一つの大きな地形を考えてみますと、そこに非常に早くから先住して、そしてそこでそれぞれのかたちで生活を営んだ人々、そして大和王朝が成立したあとも、その山中に自分たちの場所をおいて、そこで修験道であるとか、あるいはその他の生活を営んできた多くの人々の図というのも、また、なんとなくみえてくるような感じがする。

つまり、大和には二つの世界があって、朝日が昇ってくる三輪山の世界、ひょっとしたらそれは保田与重郎《やすだよじゆうろう》の世界かもしれない。日が二上山の彼方に沈む西方浄土の、日没のいわゆる葛城古道を中心とした世界、そこはひょっとしたら折口信夫《おりくちしのぶ》の世界かもしれないなと、なぜかそういう勝手な妄想《もうそう》が頭のなかに、ふわあっと浮かんでまいります。

大和というところは面白いところなんですけれども、神社というのは当然ありますね。石上《いそのかみ》神宮というのがあるわけです。それから、天理教の本部がございます。もちろん南都の大寺があるし、ほかにもまだいろいろなものがある。

そういうふうに考えてみますと、セイタカアワダチ草とススキが同居している、そしてその向こうに夢殿がみえるというくらいのことではなくて、この大和という土地のなかには、もっともっと多くの文化が混合して併存し、しかもそのなかで豊かな発達を遂げていることがわかります。

二上山の麓《ふもと》には当麻寺《たいまでら》がある。この当麻寺に伝わる当麻曼陀羅《まんだら》にまつわる説教曼陀羅というものは、日本の浄瑠璃《じょうるり》や浪花節《なにわぶし》や、あるいは新内や小唄や端唄《はうた》や、さらに先々で演歌といわれる類《たぐい》の音楽にまでつながる系譜の源流であるということも考えられる。世阿弥《ぜあみ》や、そういう能の人たちも大和から出ているということもある。

大和の盆地、たとえば二上山というのは、もともとこの地帯が非常な湿地帯であって、人間が住むには適しないような湿原であったなかで、近畿で唯一《ゆいいつ》のカルデラ式火山としてあの二上山を含むいくつかの峰々が大噴火を繰り返し、そのために土が積み重なり、小さな溝《みぞ》が川になり、大和川が生まれ、そして大和という盆地が人間の生活の場として成立するわけですね。

そんなことも考えますと、大和という土地を生んだのは、ひょっとしたら、いまは死火山になっていますけれども、この二上山であったのかもしれないと、そんな感じさえいたします。

話があっちへ飛び、こっちへ飛びしましたけれども、私はちょうど五年前にたまたまご縁があってこちらのお寺にしょっちゅう顔を出すようになり、勉強をしにきているわけでは全くないんですけれども、なんと面白い土地だろうと、非常に強くひかれました。

そして途中で、たまたま弟が亡《な》くなったものですから、父親や母親や、引揚げ後ずっともち歩いていた遺骨を全部ひっくるめてそちらのお寺に預けさせていただいて、自分の菩提寺《ぼだいじ》をそこに定めた。

勝手にお寺を換えるなどということは、普通だったら変なことなんでしょうけれども、私の父が心ひそかに「われ大和にしあらましかば――」といってうたっていた大和のお寺にお骨を納めても不満はなかろうという感じで、そちらのほうへお預けをしたわけです。言葉に言えない深いエニシというものを感じることがあります。

いろいろそんなふうに考えてまいりますと、「私の大和」というものの姿が、そういう個人の、父という一人の人間の一生と、日本という国家の歩みと、それから私自身が辿《たど》ってきた世界と、現代の変貌《へんぼう》しつつある大和と重なりあって、一つの像がみえてまいります。私は自分の立場、あるいは自分の個人的なそういう関心を活《い》かして、この大和に、ある意味では偏《かたよ》った、ある意味では依怙地《いこじ》なアプローチをこれからも繰り返していきたいと、なにかそんな感じがいたします。

たまたま先日、和辻哲郎さんの『古寺巡礼』の一番新しい本を買ってきて読みましたけれども、大正八年ですか、その頃《ころ》からもう六十年近くたって、八十何版という版を重ねているわけですね。あの戦争中にそういう本を読んでいる人もいるし、戦後になって焼跡のなかからこの本をもって立ち去ってきた人もいるだろうし、いままた若い学生がこの本を読んでいるんだなあと、ぼくは大変感動いたしました。

和辻哲郎さんの『古寺巡礼』を読み、感動したついでに、その本の初版本を捜し出して較《くら》べてみたんです。というのは、どうしてこの本がその当時大ベストセラーになって人口に膾炙《かいしゃ》したのか、その魅力はなんだろうという気持ちがあったものですから、その両方を読み較べてみたいと思ったんです。

すると、いまの最新版のほうには、多少戦後に手を入れたけれども、ほとんど手を入れていないというふうに、あとがきに書いてあるんですね。若書きで恥ずかしい部分もあったけれども、できるだけそのままに残しておいたと書いてありますけれども、初版のときの『古寺巡礼』とは、どうも雰囲気《ふんいき》が違う。

最初のほうの『古寺巡礼』というのは、和辻さんの若い頃の、青春の甘さとか弱さとか叙情とか、そういうものが流露している文章が非常に多いんです。で、単なる美術論ではなくて、おまえも美学なんて役に立たないものをやっていないで、もういい年になったんだから、なにか人のためになるようなことをやれと父親にいわれたことが非常に頭に残っていて、奈良の雨の宿でそのことを想《おも》い出しながら書いたというふうに、和辻さんの個人的なエッセーになってるんですね。

吉田絃二郎的とはちょっとちがいますけれども、一種のリリシズムがあふれていて、青年の、あの発展しつつある時代に、そういう大和のお寺などにひっそりと立ち寄っているアウトサイダーの孤独感みたいなものが、行間に流露している。ぼくは非常にいいと思いました。甘いけれども面白い。ぼくも、ひかれるものを感じました。

その一番あとに改訂版として出てきたものは、そのへんがかなり落ちているような気がします。手が入っていて、年とってお読みになって、恥ずかしいということでしょうね。

「親父」というのが「父親」になっていましたり、「ああ、この雨はいつまで降り続くのか」なんて石川啄木《たくぼく》みたいな詠嘆の強いところが切られていて、評論の部分が非常に多くなっていたりする。

そういう部分がありまして、ぼくはむしろ前のままにしておいて、恥ずかしいけれども、このままでいい、そのほうがいまの若い人に読まれたんじゃないかという気がしながら、それでもなおその本のもってる独特の魅力につかれながら、その一冊をたずさえて、ときどき法隆寺のあたりなんか歩いたりします。

私は和辻さんとはかなり意見が違うところがございまして、和辻さんはギリシアの美意識というものを自分の手本として考えておられたようで、大和はそれに非常に近いということで、すばらしいとおっしゃっているような感じがしまして、どうもそこがぼくとは違う。

でも、明治から大正、昭和の頃のインテリゲンチアの理想としたギリシアというものは、当時の軍国主義の時代では、むしろそれはエキゾチックな思想として、非常に勇気のある発言だったかもしれない。しかし、いまの私たちにとってみますと、ギリシアの神々のもっている調和とか、信仰とか、人間性とか、抑制された美とか、そういうものが大和のなかに発見できるということは一つの発見ではあるけど、驚きではない。

和辻さんはこういうふうにおっしゃっています。インドの神々のもつ官能性とかエロチシズムといったものを切り捨てて、そして精神的な調和というものをつくりだしたところに、白鳳天平《はくほうてんぴょう》時代の日本の美があるということです。そして、肥満と豊満は違うという いい方をなさっている。それは非常に差別的な発言だと思いますが（笑）、たしかにインドやなにかで仏教の芸術をみますと、ヒンドゥー教やすべてをひっくるめて、非常に豊満な、生き生きした乳房の大きな、女性器の誇張された仏像がたくさんある。

日本の場合にはそういうものを切り捨てて、胸があるかなきかというような中性的な仏像をつくった。それがすばらしいところだとおっしゃっていますけれども、果たしてそのへんはどうなんでしょうか。

まだこれから先も、きっとそういう大和をめぐってのいろいろな本が出てくると思いますし、戦後も梅原猛さんとか竹山道雄さんとか、さまざまな方がさまざまなかたちでの大和を論じておられる。

残念ですけれども、九州には阿蘇《あそ》とか、北海道には大雪山といったすばらしい山がありますけれども、それでもなお山といえないような大和三山とか、二上山とかの方が、これから先もずっと日本人の心をひきつけ続けていくだろうことは間違いないだろうという気がしますし、もう一つ、大和という土地およびその文化が声高に語られて日本人の国民の心を強くとらえるときは、あるいは日本が非常に悪いほうへ歩いていく時かもしれないとも思う。

日本人が日本という国を失いかけたとき、あるいは日本が違うかたちで他国との遺憾な関係をもつことがあるとき、そういうときにまた、この地も大きく浮上してくるような、そういう予感がします。

大変まとまらない話でしたけれども、個人的なこともまじえてお話ししました。今日はどうもありがとうございました。

漂泊者の思想

今日は日本中東学会という大変学問的な学会におまねきいただいたのですが、私はこういうところで、お話しする立場ではありませんし、非常に大衆的な場だけを選んで仕事をしてきた人間ですから、そんなおこがましいことはと、最初ご辞退申し上げたんですけれども、今村先生、その他の方々からおすすめがありまして、あえて今日ここにこうしておうかがいした次第です。

「漂泊者の思想」と題名だけは非常に立派ですけれども、じつは簡単な雑談を一時間二十分ほどさせていただきます。テーマは、移動と定住といいますか、その辺をお話ししましょう。笑って聞いていただければありがたいと思います。私はいつもこういう時に、全然準備をしてこないものですから、いつも会場の皆さん方のお顔を拝見したうえで、どういう話にしようかと考えるのです。今日、こうして拝見しましたところ、非常にバラバラの年代の方がいらして、若い女性もいらっしゃれば、東洋の碩学《せきがく》のような、そういう年配の方もいらっしゃるというように大変広範囲にわたっているようなので、ちょっと困っています。ひとつ皆さん方の方で、私の断片的な雑談の中から、考えなり、結論なりをつかみだしていただければ、大変しあわせだと思います。

さて、移動と放浪、または漂泊と、いろいろないい方がありますけれども、私は生まれた時から、なぜかそういう星の下に生まれてきた人間でして、生後三カ月で福岡県を離れて学校の教師だった両親とともに、現在の朝鮮半島へわたりました。そして、ほとんど日本人のいない地方の小さな村々を、転々といたしまして、小学校だけで五回変わっております。転校なさった経験のある方ですと、おわかりになると思いますが、違ったコミュニティーの中に、子供が一人でぽつんと入っていくということは、非常に大変なのです。それを五回もやってきたものですから、おのずから転校生の知恵といいますか、いつのまにかそういうものを身につけてしまい、今から考えてみますと、自分の一生に随分その影響があったと思います。

学校の先生は、これこれこういう人が転校してきたから、皆さん、親切に仲よくしてあげて下さいとおっしゃってくださいますけれど、子供の世界というのは、そういうものじゃない。新しく、よそから入ってきた人間を、どう排除するか、どうテストするか、さまざまな好奇心をもって周りの子供たちはプレッシャーをかけてまいります。たとえば、ものすごい野球の天才であるとか、容貌魁偉《ようぼうかいい》であるとか、人並みはずれた喧嘩《けんか》の強い男であるとか、なにか特技がありますと、うまくその中にとけ込んで皆から受け入れてもらえます。けれども、私は子供の頃《ころ》から、非力でそういうものがありませんでした。しかし、何か〈芸〉がないと、コミュニティーに入れてもらえない。

そこで私が何をやったのかを振り返ってみますと、面白くて不思議な話をする、ということを自分の唯一《ゆいいつ》の武器として、なんとなく転校生として、皆の中にとけ込んでいくことができたと思います。とんでもない話をしたり、三ぐらいのことを十三ぐらいに誇張して、おもしろおかしく話すわけですね。すると「エーッ」と皆がまわりに集まってきて聞いてくれる。そのうちしだいしだいに「おい、あの話もう一ぺん聞かせろ」ということになりまして、そのうちかろうじて皆の仲間入りができた。そういう少年期の経歴が、大人になって嘘《うそ》を作り、ものを書いていくという、小説家というありがたい仕事をすることに大変役に立ったのではないか、と思っております。

つまり、放浪をしたり移住をしたり、定住したことのない人間というものは、普通、人並みと違った芸といいますか、特技といいますか、そういうものを持っていなくてはいけない。それが、私の最初の移動生活の中で、学んだことでした。その後、当時は平壌と言いましたけれども現在のピョンヤンという街、そこの第一中学校というところで、敗戦を迎えまして、数年間も、無国籍難民の状態、つまり、パスポートをもたないでよその国にいるという、非常におかしな状態のもとで、いまのパレスチナの難民のようにテント生活をしながら二年間抑留されて、また福岡に帰ってきました。福岡に帰ってまいりましたが、すでに地元の人間ではない。勝手に外地に出て行って、方言もろくに使えない帰り新参ということで、また、異邦人として非常に苦労いたしました。そこで意識的に九州の方言を勉強して学んだものですから、いまでも九州弁が非常にうまく使えます。「シェンシェイ」なんていいますね。「シェンシェイ、シェイシュンノモン」と言ったりします。（笑）

中学校もやはり当時は、学制改革というのがありまして、三度変わりました。平壌第一中学校、八女《やめ》中学校、光友中学校の三つです。高等学校は、一度で終わりましたけれども、大学は東京の大学に学ぶというさきほどご親切な紹介を受けましたけれども、いろいろ事情がありまして、六年間在籍した後に抹籍《まっせき》処分になりまして、学校を横へでました。非常にそういうふうに、転々と自分自身が移動と放浪の生活を繰り返してきましたものですから、今日の話は自分の話をするだけで、本当に十分なんですが、そうもいきませんので、最近感じたことなどを、アトランダムにお話ししたいと思います。

昨年から今年にかけまして、ものすごく旅行をいたしました。特に外国へ出る機会が、非常に多くございまして、月に二度出た月もありました。北欧から南はイスタンブール、そして、最近はソビエトの方へ、再三行きまして、最後はヘルシンキからもどって来ました。四月末にも雪が降っておりました。でもいちばん印象が深かったのは、東京から飛行機に乗りまして、シベリアの上空を越えて、モスクワへついた、その旅行でした。

考えてみますと、一九六五年に初めて、私はモスクワにまいりました。その時は、横浜からバイカル号という船で、ナホトカへ行き、ナホトカからシベリア鉄道でイルクーツクへ行き、イルクーツクから飛行機に乗るという、非常にややこしい旅をしたものですが、今度はわずか七、八時間で、シベリアの上を一挙に飛んでしまった。しかし、飛行機の窓から眺《なが》められますシベリア、雪で一面真っ白なんですけれども、あの大荒野といいますか、大原野といいますか、タイガを見ながら、なんともいえない不思議な感慨をおぼえました。つまり、こんな所に人間が住んでいるということが信じられない。それほど広く荒涼としていて、地平線が丸みをおびて見えるくらいです。その広々としたシベリアを舞台にして、かつて人間のさまざまなドラマがあったということが信じられない思いでした。

そのなかで、ふっと思い出した話が一つありました。それはかつて十九世紀のロシアにおいて、シベリアに住んでいる人間に、独特の病気があったという話でした。もちろん、これは単なるエピソードです。学問的な裏づけもなにもない話ですからフィクションかもしれません。どういう病気かといいますと、ヒステリア・シベリアカという名前の病気だというんですね。正式の学名がどういうものであるか、私はよく分かりませんけれども、奇妙な風土病です。このヒステリア・シベリアカと言うのは、皆さんもよくご存じの、ヒステリーの病気です。女性がかかる病気じゃなくて、働きざかりの壮年の男子がかかるヒステリー。

シベリアの大荒野にはじめて開拓民が入って、農業を始めたのはいつ頃だったのかよく分かりませんけれど、シベリアの荒涼たる大平原の一画に、ある家族が農業を営んで住んでいる。イワンさんだかニキータさんだか、名前は分かりませんけれども、そこに純朴《じゅんぼく》な農家の一家族が住んでいる。たいがい百姓をしている。見わたす限りの広い耕地を耕して、夏の間だけでも、かろうじて農業をやっている。朝は日の出とともに起きて、夜は星をいただいて帰るという、ちょうどミレーの〈晩鐘〉などという絵を思いだすような、そういう篤実《とくじつ》な生活を送っている。信仰篤きロシアの農夫がずっとそういうふうにして働いている。彼はそこを離れて、よそへ行ったことがない、よその町へ行ったこともない。

もちろん当時のことですから、シベリアからではモスクワなどへは、行くなどといっても、行けるような距離ではない。シベリアの中でずっと暮らして、一見平凡な生活をしてそこに定住している、家族の家長である男性。その男がたまたまある日、シベリアの地平線の向こうに、大きな夕日がずうっと沈んで行くのを、仕事をしているときにふっと見るのです。外地で生活なさった方、特に旧満洲《まんしゅう》にいらした方は、ご存じでしょうけれども、むこうでみる夕日、「赤い夕日の満洲の」という歌がありますけれど、沈む夕日というのは、本当に大きくて、もうなんといいますか、信じられないくらい真っ赤な大きな夕日が、コウリャン畑の向こうに、沈んでいきます。シベリアの落日というのはそれよりもっと雄大な夕日だと思います。

その男がその夕日を、じっと憑《つ》かれたように見ておりますと、すると突然心の中に不思議な衝動がわき起こってきて彼は、ポッと持っていた鍬《くわ》を捨てて、突然、放心したように沈んでゆく夕日の方向に向かって、トコトコと歩きだすんですね。ドンドンドンドン歩いていき、畑を越えて、草原を越えて、沼を越え谷を越え、白樺《しらかば》の林をぬけて、もっと遠い所まで、どこまでもその夕日が沈んでゆく方向に、彼はロボットのように歩き続けて行く。歩くといっても永遠に歩けるわけではありませんから、三日三晩も不眠不休で歩いた末にどこかで疲労して行きだおれになってしまったり、シベリア狼《おおかみ》に食べられてしまう。そういう不思議な発作があった。

この発作のことを〈ヒステリア・シベリアカ〉といったというんですね。あちこちの村でしばしば、そういうヒステリア・シベリアカという発作に、襲われる男がいたために、シベリアの風土病ということとして、報告された例があると聞きました。

じつは、そのことを思いだしたのです。一体彼の中に、何が起こったんだろうか。篤実で信仰篤き、子供、家族もいるというそういう農夫が西に沈む夕日を見た瞬間に、彼の心の中に、一体何が起こったのか、ということに、私は非常に、興味があるのです。病気というけれども、これはヴィールスとか、そういうものの病気じゃない。心の中に、起こる病気です。考えてみますと、ロシア文学といいますのは、だいたいそういうふうなものをテーマに成り立っている文学のような気もいたします。

この日本に、ロシア文学を最初に紹介した先達は二葉亭四迷《ふたばていしめい》です。東京外国語大学出身の二葉亭四迷が、ロシア文学の非常にすぐれた翻訳をしてたくさん日本に紹介し、日本人は明治から大正、昭和にかけて大きな影響を受けました。現在でもドストエフスキーの影響が残っておりますけれども、はかりしれないほどの影響を日本に及ぼしたのがロシア文学です。その最初のきっかけをつくったのが、二葉亭四迷と言ってもいいでしょう。二葉亭四迷は、ロシア語の非常にできた人です。彼の訳したゴーリキーの小説の中に『ふさぎの虫』というタイトルの作品があります。

〈ふさぎ〉というのは、気が沈む、ふさぐというのですか、気持ちが沈むということですね。〈虫〉は昆虫《こんちゆう》の虫です。これをロシア語で〈トスカ〉という。〈トスカ〉という言葉を〈憂愁〉と訳さずに〈ふさぎの虫〉と訳したところが、二葉亭四迷の小説家としての才能なのだと思います。非常にこれはうまい訳ですね。〈ふさぎの虫〉という言葉は、当時の日常生活のなかで、明治、大正の人たちは、よく使っていた言葉かもしれません。どんな人間の心の中にでも一匹の虫が住んでいる。そういう虫が、チクッと心を嚙《か》む時がある。その〈ふさぎの虫〉に嚙まれると、人は何ともいいようのない暗い、身もだえしたいような、不思議な衝動、不思議な憂《うれ》いに駆られて、いてもたってもいられなくなる。

そういう時には、憂いを払う玉箒《たまははき》などといって、お酒を飲んだり、歌を歌ったりします。しかし本当は〈トスカ〉という言葉を、もっとうまく訳すと、〈憂愁〉というよりは、〈暗愁〉という言葉のほうが、いいのじゃないかと、私は秘《ひそ》かに思っています。アンシュウというのは、『暗夜行路』の〈暗〉と『旅愁』の〈愁〉です。この〈暗愁〉という言葉は、私が勝手につくった言葉じゃなく、古くからしきりに使われていた言葉です。

明治、大正の頃の文学者、小説家というのは、非常に学問がありまして、漢文にも詳しかったし、教養もありました。当時の小説家たちは、漢文学の土台の上に西洋の勉強をした、小説家であっても、みごとな漢詩を書いたりした。夏目漱石とか、そういう偉い作家が、晩年に書いた漢詩の中に〈暗愁〉という言葉が、でてまいります。〈憂愁〉とはどこか違う。その違い方の微妙な別れ道は、こうだと思います。〈憂愁〉

というのは、現実的な理由のある〈うれい〉なのです。自分も年をとってきたのかなとか、あるいは、子供を持つとこんなことがあるのかなとか、人間の仕事は虚《むな》しいものだなとか、いろんな事がありますね。そして、〈憂愁〉を覚えます。

しかし〈暗愁〉というのは、理由なき憂いなのです。どこから来るか分からないけれども、家族の不和とか、健康の問題とか、そういう具体的なことじゃない。人間がこの世に、生きてある状態の中において、根源的に発生してくる不思議な憂い。これは、なんといったらいいでしょう。原罪という言葉があります。もともとの罪、キリスト教の原罪という言葉がありますね。それと比較していえば、いわば、〈原愁〉というようなもの。人間の生まれてあるということそのこと自体に、ある不条理なことがある。それは、なんだか分からない。

けれども、心の中にそれが、忍びよってきて、チクッと〈ふさぎの虫〉が、人間の心を嚙む時がある。そうすると、人間はいてもたってもいられなくなってしまいます。田宮虎彦《たみやとらひこ》さんという、かつて若い人たちが愛読した作家でしたけど、先日、自殺なさいました。その自殺の原因について、皆、いろんな推測しておりますが、そういう〈トスカ〉あるいは〈暗愁〉が、田宮さんの心の中にあったのではないかというふうに、私はなんとなく考えております。

そうしますと、〈ヒステリア・シベリアカ〉というのは、〈トスカ〉というものに襲われた、ロシアの農民の、一つの特徴であったのではないかと、考える。一カ所に親代々ずっと、定住して、無限に広い荒野であるにもかかわらず、その中に一つの定点をもって縛りつけられて生きている人間が、突然〈トスカ〉に襲われる。〈トスカ〉に襲われた人間が、脱出しようとする時に何をするかというと、移動をはじめるわけです。これは非常に面白い。彼らは、計画もなく装備もなくただ鍬《くわ》を捨ててトボトボと無茶苦茶に歩いていきます。狂気の移動を開始します。直線的に歩いて行くのですから、放浪とは言えません。そのあげくに、行きだおれになってしまいそこで死んでしまう。人間が平穏な生活、健全な日常生活、定住生活を営んでいる中である種の〈暗愁〉に襲われてヒステリーを起こす。その反動として移動を開始するというのは、私には非常に興味がある。

人間というのは、本来は移動と定住というものをうまい具合に繰り返して、生きなければいけないのではないかという考えを私は持っています。人間にとって定住することは、必要なことなのです。しかし、移動することもまた必要です。移動することと定住することの、どちらかだけしている人間には、どこか不自然なところがあります。人間の存在の条件の中で、ある種のゆがみがあって、そのゆがみから〈トスカ〉というものが生まれてきたと考えられなくはない。ひるがえって考えてみますと、十九世紀のロシア文学というのは、世界の文学史上の、大きな動きといっていいようなそういう時代の文学です。そのなかで、いい仕事をした作家たちというのは、必ずそのように、定住と移動、放浪を繰り返しながら自分の創作生活を実らせてきた、とそんなふうにいってもいいと思います。

たとえば、ヴァガボンド的放浪生活を繰り返しながら、作家になっていったゴーリキーという作家がおります。『ふさぎの虫』の作者ですね。マクシム・ゴーリキーという人で『どん底』という戯曲で大変有名な人でありますし、また一面では『母』という革命的な小説を書いて、革命的社会主義リアリズムの看板作家だといわれ、最近では大変評判が悪い。しかし、彼の本質はそうじゃない。本当はヘルマン・ヘッセのように、柔らかい優しい魂をもったユーモアのある作家で、子供の時から、ヴォルガとか、あのあたりの川の流域をずっと放浪して歩いた人です。ヴァガボンド生活をして作家になった。

そのヴァガボンド生活を彼は「私の大学」と呼びました。船乗りだとか、港湾労働者だとか、工場の人だとか、ルンペンだとかあるいは浮浪者だとか、そういう人たちの住んでいるどや街みたいな所を泊まり歩きながら彼は〈人間〉というものを学んだ。そしてそれを『モーイ　ウニベールシチェート』〈私の大学〉という自伝的な回想の小説に書きました。そして、しばしば彼の小説の中の大きなテーマとして、ジプシーが出てまいります。彼は、そういう人たちに共感を持ち、かつ、そういう生活を愛しながら小説家になった人です。

ゴーリキーは、作家同盟の書記長もやりましたから、官僚的な作家だと思っていらっしゃる方もいると思います。もちろん、そういう顔もあっただろう。しかし、本来は、マイナーで、愛すべきユーモアを持った作家です。『初恋について』とか『マカール・チュードラ』とか、いい作品があります。そして、ヴァガボンドの生活、ルンペンの生活こそが、〈私の大学〉であったんだ、放浪と移動こそが〈私の大学〉だったということを書いた。

チェーホフという作家を、皆さんもご存知だと思います。チェーホフという人は、別に移動、放浪をしたわけではありません。けれども晩年になってシベリアを通って、サハリンへ大旅行をしました。結核を病んでいたチェーホフのような功なり名をとげた作家が、なぜ、突然、気が狂ったように、当時としては、破天荒な大旅行を行ったか。彼も一種のヒステリア・シベリアカに襲われたのではないかと、私は考えております。チェーホフの晩年のあの大旅行の真の原因は謎《なぞ》とされています。

トルストイという作家も、晩年になって家出をします。家出をしまして、さっきのヒステリア・シベリアカの患者さんじゃありませんけど、とんでもない所へ出かけて行ったりしてしまう。またドストエフスキーという人は、ロシア文学の中では、移動と放浪に関しては横綱級の作家です。このドストエフスキーという人は、もう本当に、転々と移動、放浪を繰り返した作家です。実によく移動しました。何処《どこ》で原稿を書いていたのかと思われるくらいです。

モスクワに生まれて、後年は、レニングラード、今のサンクトペテルブルグで仕事をした作家です。彼の生涯《しょうがい》の最大の旅行は、シベリア流刑《るけい》です。若い頃に、ペトラシェフスキー事件という、今の過激派と同じような政治的事件に巻き込まれている。そして彼はいったん死刑の判決を受ける。当時のロシア皇帝の脅しなんでしょうけれども、もう自分は死ぬんだという恐怖の寸前に、死刑の直前に、恩赦の知らせが来て、彼は死刑を免《まぬか》れる。そしてシベリアに流刑されます。十九世紀のシベリア行きというのは、行ったらもうほとんど帰ってこられないようなところだった。鎖につながれたり、あるいは馬車に乗せられたり、昼はえんえんと歩き夜は休んで移動する。山脈を越えたり、草原を越えたり、その間に、たくさんの人が死にます。

やっとたどりついたところで、シベリアの政治犯だとか、あるいは終身無期刑を受けた人たちが収容され、森林伐採とか、開拓とかそういう労働をさせられる。この世の地獄です。彼は流刑によってロシア人としては、なかなか体験できないような大移動をした。それによって、ドストエフスキーは変わります。ドストエフスキーは、シベリア流刑から許されて、その後もしばらくシベリアに住みます。そして、今度はやっと都のペテルブルグへ帰って来る。

シベリア流刑に行く前は、彼はどちらかというと、脱亜入欧といいますか、文明謳《おう》歌派《かは》、モダニストです。政治思想にかぶれて過激な運動をした人なのですが、シベリアの流刑から帰り、彼は非常に敬虔《けいけん》な信仰篤《あつ》き作家になる。スラブ民族派といいますか、百八十度の転換をするのです。その百八十度の転換をもたらしたのが、シベリアでの放浪生活です。そこで、どんな経験があったか。

ドストエフスキーはペテルブルグで当時のインテリゲンチアとつき合っていた。当時のインテリゲンチアといいますと、たくさんの外国語を喋《しゃべ》れる人たちです。ツルゲーネフという人は、フランス語もでき、ドイツ語もできて、モーパッサンとか、そういうものを、どんどん訳して、皆から尊敬されていた。当時のペテルブルグの知識人たちの会話には、しばしば間にフランス語や英語を、はさんで喋る。それができないと、尊敬されなかった。ドストエフスキーは、そういう西側の世界をあこがれるインテリの生活、文学的サロンのなかから、一囚人としてシベリアに送られ、泥棒《どろぼう》や強盗や政治犯や、いろんな人間と一緒に、長い流刑生活を送るのです。そのなかで、ドストエフスキーが学んだことが一つある。それがロシアの民衆というものの愛の深さだといえるかもしれません。ロシア人というもの、根源的なロシア人の魂の底には、スラブ人の持っている独特の心の暖かさがある。彼は特に底辺の最下位の民衆のもっていたそのような人間的なものに触れ合うことができた。

そのエピソードの一つに、こういう事があります。ドストエフスキーが書いているのですけれども、当時のシベリア民衆たちは、あまり罪人という言葉を使わなかったといいます。罪人とか囚人とは、呼ばなかった。最近、その話を安部譲二さんと対談した時にそのことを話しました。いわゆる〝塀《へい》の中の懲《こ》りない面々〟について、当時のシベリアの民衆は囚人とか罪人とかという言葉を使わないで、どう呼んでいたか。彼らは、鎖につながれて、徒刑生活を送っている人々のことを、〈不幸な人々〉という表現で呼んでいたというのです。安部さんにこの話をしましたら「あーっ、それは情のある言葉ですね」と感に堪えたような顔をして、何度もうなずいておりました。つまり〈不幸な人々〉という表現をする。

たとえば囚人服を着た連中がぞろぞろと繋《つな》がれ町に出てきて、煉瓦《れんが》積みか、何かの工事をする。と、そこへ子供がお母さんに連れられて通りかかる。「ママ、あの人たちは一体なあに?」ときいたりしますね。そうすると「あれは悪い人たちです。罪人ですよ」とはいわない。「あれは、不幸な人たちですよ」と母親たちが、子供にいってきかせる。これは本当にいい言葉だと思います。強盗だとか殺人だとか、いろんな事件があります。そういうことを、犯罪という言葉で呼ばなかったのです。そういう事件のことを〈不幸な出来事〉と呼んでいる。つまりある晩、誰かが殺されたとする。「昨日、あそこで殺人があった」とはいわない。「昨日、あそこで不幸な出来事があった」という。

考えてみますと、それは仏教にも通じる、どこか愛情のこもった言葉だと思います。彼らは〈不幸な人々〉といいなさいといわれて、いってるわけではなく、自然とそういうのです。それは、何かといいますと、今、自分たちは大きな事件に、巻き込まれたりせずに、囚人にならずに暮らしているけれども、こういう帝政ロシアの下で、本当に貧しく、虐《しいた》げられた生活をしている以上、いつ自分が衝動的にそういう事件を起こすかは分からない。彼らが悪い人間だから、盗みをしたり、殺人を犯したりしたのではなく、今の生活のなかで、もうぎりぎりのところでやむをえずに、そういうことになったのかもしれない。それは運、不運だ。あの囚人たちは、私たちとは別の人間ではない。いつ自分たちがあの人たちの立場に立つか分からないという気持ちが、当時のロシアの底辺の民衆の間にあればこそ罪人のことを〈不幸な人々〉、事件のこと、犯罪のことを〈不幸な出来事〉と呼んだんでしょうね。

ドストエフスキーはそういう民衆と肌《はだ》と肌とをすり合わせるようにして生き、その生活の後に彼は当時の都に帰り、『死の家の記録』とかじつにいろいろなすぐれた作品を、次々と発表していく。十九世紀のロシア文学といいますのは、世界の小説の歴史の中でも、本当の黄金時代ともいわれておりますけれども、そういう文学を支えた人々は、何によってこの文学を、はぐくんだか。それは移動と放浪で学んだことを、定住した後に作品化していって、ロシア文学が生まれたとも考えられる。

移動と放浪、そして定住、家族というテーマに、なにか結びつくお話はないかと思い、ゆうべ頭をひねっていたんですが、面白いサンプルがみつかりました。今日、特にここに来てらっしゃる若い人たちに、ちょっとお話ししたいと思います。

人間の幸福というものは、一カ所に定住することによって、みつかるものなのか。それとも、それを探し、移動、放浪することによって、みつかるものなのかという質問なのです。たとえば、北海道とか九州とか、最近過疎になってきた辺りの、小さな町に行く。そこにそういうことを考えている少年少女がいたとする。このままここにいて、寂しい昔の炭鉱町にくらしていて、自分の一生というのは、これでいいんだろうか。雑誌やテレビをみると、とってもはなやかな生活が、むこうにはあるらしい。林真理子さんの『南青山物語』は大変若い人に人気のある本です。それを読んで自分もあんな生活をしてみたいと若い人がみんな思うのは当然です。

ひょっとして、家出をして、あるいは家出とまではいかなくても、上京して、東京で原宿とか青山とか、あの辺りでアルバイトでもしながら、スナックの店員でもやっていると、きっとスカウトされて俳優になって、アカデミー賞をもらって、とか考えられなくもない。でも、だいたいの人たちは、そこの生活を出ることは出来ない。そして、そこに一生住んでしまうのだろうか。しかしさきほどいいましたイワンさんやニキータさんのように〈ふさぎの虫〉に心を噛《か》まれることがあります。じゃあそこに、じっとしていた方がいいのか、それとも、そこを出て、あてもないところへ出て行ったほうがいいのか。昔の詩には〈山のあなたの空遠く〉とありました。今は〈山のあなたの空遠く〉というと「あなた」というのは「君」であると思っている人が多いのですね（笑）。「山のむこう」という意味です。〈山のあなたの空遠く、さいわい住むと人のいう〉そして、その幸いを求めて出かけてゆき、幸いが見つからずに挫折《ざせつ》して〈涙さしぐみかえりきぬ〉という。山のあなたにでかけて行って何かを見つけてくる。移動、放浪の結果、幸福がみつかるか。みつからないか。

日本では、だいたいみつからない。〈うさぎ追いしかの山、小鮒《こぶな》つりしかの川〉、「ふるさと」という歌でしたか、そういう懐《なつ》かしい歌があります。最近は童謡ブームで、みんな歌ったりしておりますけれど、あの歌の最初だけを読みますと故郷を讃美《さんび》しているように聞こえます。しかしそうではなくて、故郷を出て、一旗揚げようとして、都に出ていって苦学力行し、功成り名をとげて、いつの日か故郷に錦《にしき》を飾ろうという歌です。高度経済成長の日本の歌なのです。あの歌のイデオロギーといいますのは、やはり、脱亜入欧ではありませんけれども、地方をぬけだし中央へ行って、さまざまな努力をした後で成功して故郷に錦を飾ろうという、そういう歌なのですが、一般にはさっきいいました〈山のあなたの空遠く〉ではありませんが〈涙さしぐみかえりきぬ〉ということになります。成功しないで帰ってきてしまう例が多い。このテーマは、移動と放浪というものに対して、一つの答えをあたえるんじゃないかと思います。

『青い鳥』という物語があります。そのお話をしたいと思います。

私は横浜の高台に住んでいるのですが、あるとき、下駄《げた》を履いて下の商店街に降りて行きました。その途中左手に、銀行がある。銀行のショーウィンドウと言いますか、そこに看板が、かかっている。子供を連れた若い夫婦の、とても幸せそうな雰囲気《ふんいき》の大きなポスター、絵が描《か》いてありました。花が咲いていて、後ろの方にツーバイフォーの赤い屋根の家があって、お日さまと白い雲があって、青い空があって、ほんとうに絵に描いたような幸せな絵です。その奥さんの肩に一羽の〈青い鳥〉が止まっている。下には「今年のボーナスは、ぜひ当銀行へ」「幸せをつくる青い鳥預金」と書いてあります。中国ファンドとか、そういうタイプのものなんでしょうか。地方銀行が、青い鳥預金という、そういう預金をはじめたのだと思います。まさにそこに、描かれているのは、幸福そのものの絵です。しかし、それをみていて、大変疑問にかられました。〈青い鳥〉とは何か。それは、一般に幸福の代名詞として考えられている。もっとつっこんで考えて、ちょっと知識のおありの方だったら、それは遠くへ行ってさがしても見つからずに、家に帰ってきてみると身近なところにあった幸せだというふうにお考えになっている。

『青い鳥』をお読みになった方は、たくさんいらっしゃると思いますけれど、そのとき私が非常に疑問にかられたのは『青い鳥』の原作を、自分は読んだことがあるのだろうか、ということでした。筋はなんとなく知っている。チルチルとミチルという、二人の男の子と女の子の兄妹《きょうだい》がいた。そして、幸福をもたらす青い鳥を求めて、諸国遍歴した後に、結局、みつからずに非常にがっかりして戻ってくる。「青い鳥は、みつからなかったなあ」といって残念がっている。するとすぐそばに青い鳥がいてびっくりして、「青い鳥は、こんな所にいたのね」。「そうだ僕らの身近にいたんだ」。青い鳥は、遠くに探しに行かなくとも、自分の住んでいるすぐそばにいたんだと気がつく。人間は、日常の生活のなかにこそ本当の幸福があるという教訓的な物語だろうと勝手に想像していました。ひょっとしたら中学の時に、〈移動演劇〉かなにかがやって来て、『青い鳥』の芝居を見たような気もする。それとも、昔、講談社の絵本なんかで、その筋書きを読んだような気もする。少年少女名作物語の、ダイジェストで読んだような気もする。また人から聞いたような気もする。だが実際に『青い鳥』を読んだかと考えてみますと、非常にあいまいになり、不安になってきました。これは一つ、確かめてみなきゃいけない。殊勝にもそう考えまして、本屋さんに行きました。「『青い鳥』をください」。五十をすぎた男がそんなことを言うので、店員は不思議そうに絵本かなんか持ってきてくれるんですね。

それじゃ困るんで、私は苦労して翻訳の『青い鳥』を探し求めました。文庫本でみつけました。岩波文庫にありまして、新潮文庫にもありました。私は、新潮文庫の堀《ほり》口大學《ぐちだいがく》訳を買って来ました。意外な事に、非常に厚い本であったことに驚きました。『青い鳥』というのはショート・ストーリーと勝手に思い込んでいたのです。おやおや、と思いながら開いてみてさらに驚いた。『青い鳥』というのは、小説でもなければ、物語でもない。それは戯曲なのですね、お芝居の台本なのです。そんなこと、当たり前じゃないかと笑われてしまえばそれまでなのですが、まあご勘弁下さい。

私は『青い鳥』が戯曲であることに初めて気がついて、びっくりしました。そして、一通り読んで非常に愕然《がくぜん》としました。自分は『青い鳥』という作品を誤解していたのは、自分だけでなくて、この本をつくった人も誤解している。堀口大學さんも、誤解している。世間の人も皆、誤解している。ひょっとしたら、自分一人がそれを知ってる天才なのではないかと、一瞬妄想《もうそう》をいだいたくらいなのです（笑）。それは、どういう事かといいますと、『青い鳥』という物語は、巷間《こうかん》に思われているような物語では全然ないということです。

『青い鳥』の作者は、メーテルリンクという人です。私は勝手に、メーテルリンクという名前から、ドイツかどこかの古い作者だと思っていました。ところが同時代の作家でした。モーリス＝メーテルリンクという人で、ベルギーの作家です。一九一一年に、ノーベル賞を貰《もら》っております。川端康成《かわばたやすなり》さんと同じようにノーベル賞作家です。彼は一八六二年にベルギーに生まれて、非常に広い活動をした人です。詩人として、劇作家として、小説家として、あるいはファンタジーの作者として大変広い活躍をしました、一九四九年に亡《な》くなっております。昭和二十四年、私の高校生のころです。石坂洋次郎の『青い山脈』という映画が話題になっていたころです。そのころ亡くなった作家ですから、大昔の作家でもなんでもない。しかも、ノーベル賞作家で、世界に非常に大きな影響を与えた作家です。彼は一九〇八年に『青い鳥』を書いた。皆さん『青い鳥』をご存知でしょうが、もう一度復習いたします。

非常に貧しい樵夫《きこり》の家に、兄妹がいます。クリスマスの前夜に、森の中の貧しいこの樵夫の家の二人の子供、チルチルという兄とミチルという妹がいます。自分の家の窓によりかかって、向こうに見えるお金持ちの家の、クリスマスの仕度をながめております。こっちは極度の貧困家庭です。むこうは、豪華なブルジョワ家庭。舞台はこぎれいに作ってありますが、その貧困さ加減というのは、なにせ多くの兄弟の内、大半が死んで、残ってるのが二人だけという極貧の家庭ですね。その二人が、華やかな飾り付けをしている金持ちの家のクリスマスの仕度を見ながら、あれこれしゃべっています。

きれいな洋服を着て、ご馳走《ちそう》がいっぱい並んで、子供たちの素敵な絵とかがある。貧しい二人の兄妹は、クリスマスも何もなくて、ただ見てるわけです。その中に、ちょっとはっとさせられる会話があります。「あんなに、ケーキやご馳走や、素晴らしいものが、いっぱい並んでいるのに、どうしてあそこにいる、きれいな服を着ている人たちは、すぐにあの食べ物を食べないの」とミチルがききます。するとチルチルは平然と、いいます。「あの人たちは、お腹《なか》が空《す》いてないからだろう」と。すると、妹はびっくりして「えっ、お腹がすいていていない？　お腹がすいていないって一体どういうことなの？　あの人たち、いつもお腹、空いてないの？」とたずねる。一九〇八年に発表されたその当時のことを考えてみますと、非常に肺腑《はいふ》をえぐるようなセリフです。その子供たちは、飢えの中で育って、飢えるということ以外、知らない。

私ども、戦後まもなくの頃の世代もそうなんですけれども、いつも、お腹が空いていて、目の前に食べ物があったら、すぐ手を出してしまう。しかも、弟が三人、妹が四人いて、皆、死んじまって二人だけ残っている。そういう悲惨なプロレタリアートの家族なのです。その二人が、夢を見るのです。夢の中で、妖女《ようじょ》というか老婆《ろうば》がでてきていいます。「幸せがなんでもかなう、奇跡の鳥〈青い鳥〉がいる。あなたたちは、全《すべ》ての願いをかなえてくれるその〈青い鳥〉を探しに行きなさいよ」と、けしかけるんですね。二人は、妖女からいろんな道具を貰って遍歴の旅に出かけます。兄妹二人で幸福の〈青い鳥〉を求めて両親と家族団欒《だんらん》から抜け出して、移動、遍歴の旅に出かけるわけです。

彼らはさまざまなところを廻《まわ》って歩きます。それはもう非常にたくさんのところでびっくりするくらいです。時には危険な目にも遭う、恐ろしい目にも遭う。森に行って、森の王様に「ここに、青い鳥はおりませんか」などと言います。森の王様は怒って、「お前のお父さんは樵夫じゃないか。我々の木を伐《き》り倒して、この野郎‼」なんて、襲ってくるという、自然環境破壊に対するサゼスチョンを与えるような場面もある。移動、遍歴をくり返した後、やっと捕えたと思った青い鳥は、赤い鳥だったりして、青い鳥はとうとう見つからなかった。二人は長い長い遍歴の後に〈青い鳥〉を見つけることができずに家へ帰ってくる。悄然《しょうぜん》と帰ってきました。移動と遍歴の結果〈青い鳥〉は見つからなかった。

そして、やがて目が覚める。二人はまだ、夢の続きを見てるものですから、「青い鳥が、なんとかかんとか」といってお母さんに怪訝《けげん》に思われる。そして、チルチルとミチルの二人の兄妹は、「あんなにあっちこっち一年間も旅行して、探し歩いたけれど、青い鳥は見つからなかったね」といってがっかりする。その時にふとかたわらを見ると、そこに昔自分たちが、飼っていたドバトを見つけます。汚ならしい平凡な鳥です。その鳥が見ている間《ま》に青く変わってゆく。二人は「あっ」といって、びっくり仰天します。そこへ、隣りのおばあさんがやって来て、足の悪い身体《からだ》の不自由な娘がいて、その鳥を欲しがっている。その〈青い鳥〉を持たせると、娘は突然、足が直ってしまう。

チルチルとミチルは「すごい。やっと幸福の青い鳥が見つかったんだ。ぼくらはなんでもできるんだ」と言って〈青い鳥〉を抱きかかえ互いに取りっこをしてる瞬間に、ここが問題なのですけども、その〈青い鳥〉はパタパタパタと羽ばたいて、チルチル、ミチルたちが見上げるなかを、遠くの空とおく飛び去ってしまう。いちばん最後の芝居の幕切れというのはこうです。兄のチルチルが舞台に立ちます。正面のお客さんに向かって言います。「僕たちの〈青い鳥〉は、飛んで行って見えなくなってしまいました。誰か、あの〈青い鳥〉を見つけた人がいたら教えて下さい。私たち人間には〈青い鳥〉が必要なんです」と、非常に寂しい悲痛な訴えで幕が降ります。

これは、一体どんな物語なのかと私は真剣に考えました。裏表紙をひっくり返してみましたら短い解説がありました。《本当の幸福というものは、遠いところをさ迷い歩いても見つかるものではない。本当の幸福は、日常生活の日々の身のまわり、自分たちのまわりにこそ探すことが出来るのだという教訓を描いた名作》と、まあそんなふうに書いてあります。しかし、それは違うんじゃないかと私は、あまのじゃく的に考えた。遠くを探し歩いても幸福は、見つかることはなかった。ふと、傍《かたわ》らを振り返ったら〈青い鳥〉がいた。チルチルとミチルは〈青い鳥〉はここにいたんだと思った。抱きかかえてニコニコ笑って、銀行のポスターのように肩に止まらせて、ツーバイフォーの家を建てればそれはたいへん幸せな結末です。

本当の幸福というのは、あちらこちらと、さ迷い歩いて見つかるものじゃなくて、この家庭のなかに、家族と一緒のつつましい生活のなかに、日常の労働のなかに、家族との共感のなかに、友情のなかに、地域との連帯のなかに、このなんでもない平凡な生活のなかにこそあったんだ、あちらこちらさ迷い歩いたのは、意味がなかったんだと気づく。ところがそうじゃない。そこで終われば、幸せ幸せ、万歳、万歳なのです。しかしそうじゃない。そのように気づいた時には、じつはもう遅いという物語です。ここに幸福があったんだと気づいた瞬間、その幸福はその手のなかからバタバタと飛び去って、希望は失われてしまうという物語なのです。

つまり、メーテルリンクが『青い鳥』でいっていることは、私流に解釈しますと〈人間というものは、いつか本当の幸福は身近にあるという真実に気がつくときがくる。しかしそのときはもうおそい。そして、永遠に幸福を捕まえることはできない〉という大変悲観的な物語です。例のポスターの銀行は、間違っていると思いますね（笑）。二十年くらいコツコツ預金して、これでやっと家でも持てるかと思った頃、ものすごいインフレーションで〈青い鳥〉はバタバタと飛んでいく（笑）。その間に利子を稼《かせ》ぐのは銀行だけと、まさかそこまで考えてあの広告、ポスターを作ったんじゃないと思います。けれども、結果的には『青い鳥』というのはそういう物語なのです。移動、放浪それに定住、どちらが幸福を摑《つか》むことが出来るか、〈青い鳥〉、幸福は永遠に捕まえることが出来ない、ということなのではないか。私はそう考えます。これは、非常におかしな話なので、笑い話なんだと思い、こういう読みかたをした男がいたといって、笑って下されば結構です。

しかしひるがえって考えてみますと、私はその事をずうっと考えていました。移動することと、放浪すること、そして定住すること、そのどっちに本当の幸福、あるいは真実があるだろうと考えます。放浪する民があります。定住する民があります。日本では、定住するのが正しいとされています。移動する民というものは、常にアウト・カーストといいますか、そういう形で遇されて来た。これは非常に古く、古墳時代からすでに、時の権力者によって全国から集められてきた農民労働者たちが、その労働のなかで四散し逃亡し、あるいは国に帰る力もなく、放浪者の道を選んでしまうという、そういうところから生まれてくる部分もあります。口分田《くぶんでん》という制度が施《し》かれて良民とされるものは定住してそこで農業を営むものである、それが良戸とされてきた。それ以外の人は、人の数に入らない。

日本では、移動、放浪する人間は、アウトローとして遇されてきました。移動する民、日本のジプシーといってもかまわないかもしれませんけれど、そういう人々は一つの集団として、脈々と現代に至るまで、昭和の戦後に至るまで存在したということは事実です。柳田国男なども、あちこちにそのようなことを書いております。原始的な先住民が文明的な渡来人に追われて山中に逃げたり、あるいは僻地《へきち》を放浪してそういう立場になったという見方もあります。けれどもそうではありません。移動と定住というものは、一体のものとして社会を構成してきたのです。

人間の知恵、道徳というものが生まれるためには、人間は一人では存在することができない。社会というものは、何によって構成されたかというと、移動によって構成されてきました。誰かが移動して来て、別の人間と会うことによってそこに家族が生まれる。その家族が他の移動して来た家族とまた出会うことによって社会が生まれる。ゆえに、移動が社会成立の一つ、モチーフであるという説があるのですが、移動するということは、健全な社会にとって不可欠な要素であると私はずっと考え続けていました。

日本の歴史を見ても、ヨーロッパの歴史を見ても、常に定住する民と、移動する民とがいました。その比率はどうなのか分かりません。けれどもかりに大きな街とか村とか村落とか集落とかを、人間の身体の各器官、内臓であったり、関節だとします。そういうものが、人間の身体を構成する大事な要素である。しかし、そのなかを流れる体液というものがある。リンパ液であったり血液であったり、そういうものによって酸素や抗体が供給され、人間の内臓や関節などは生き生きと活動することが出来る。そう考えてみますと、定住してそこで農業を営んでいる、商業を営んでいる、あるいは、技術を持っている、そういう人々の間に情報を伝え、さまざまな文化を伝え流動する人々がいて、つまり血液やリンパ液が内臓の間を流れ、流動することによって、はじめて有機体としての人間の身体があるように、一つの国家、あるいは一つの社会が、健全に生きていると考えられるのです。

　流動するリンパ液にあたるもの、血液にあたるもの、そういう人々の歴史というものは、どのようにして追求すればいいのかということをいろいろ考えます。これは非常に難かしい。なぜかといいますと、日本における移動する民、ホモ・モーベンスといいますか、そういう人たちの原則というものは後に形を残さないからです。かれらは、移動する時に焚火《たきび》の跡もみえないように整理していく。つまり、後に形を残さないということが、移動する民の一つのモラルであった。文字に記録を残さないということもあります。痕跡《こんせき》を残さない。さまざまなものを残さない、言葉を残さない、書き物を残さない、そういうことを一つのモラルとしている。移動していく人間たちの歴史を、追求していくというのは、本当に至難の業です。文書によって歴史を残すことを目的とする定住の民と、痕跡を残さないということを憲法とする民と、その民の歴史を比較することは非常に難かしい。

　これは何かの本で読んだのですが、シルク＝ロードの方に〈風市《ふうし》〉という言葉があるそうですね。移動、放浪する人たちが、テントを張って、一つの街をつくる。中央には、いちばん偉い支配者の天幕があります。その周りに、幹部たちの天幕がある。天幕を張って一つの街をつくる。蜃気楼《しんきろう》のような街です。しかしその街は、ある一定の期間が経《た》つと移動してしまいます。後に形を残さない。別の所に次のキャピタル・シティができてくる。つまり、そういう遊牧民族国家があった。かれらはしょっちゅう遷都《せんと》どころか移動、流動する都市を持っている。

その都市のことを、かつては〈風市〉、風の市と呼ばれたんだそうです。〈風市〉という言葉、非常にロマンチックでいいですね。東京のようなコンクリートでどうにも身動き出来ないようなところではない。自由に都市が流動していく。そういう〈風市〉のような国家に出来ればなんといいだろうと夢のように考えたりします。つまり一つのものが、そこへ定着してしまった場合には、古い水の出入りのない池のようなもので、池の水は淀《よど》んでしまうのではないかと思う。流れ込んでくる新しい水と、出ていく水があって、その池が有機的な池として生きた池になる。社会というものも必ず流れて歩く人々、そして定住している人々によって、両方の有機的な結び付きによって、健全に生きつづけてきている。

日本には、かつていろいろな道がありました。表の道の他にいろんな裏の道、実にさまざまな道がありますし。行商人の通る道もありましたし、塩を扱う人の道もありました。木地師《きじし》の道もあった。あるいは、犯罪者とか、アウトローの通り道もあった。あるいは、カッタイ道などといいまして、かつては社会から差別され隔離されていたようなハンセン氏病とか病者たちだけが通る道もありました。そのように縦横無尽に静脈、血脈が、人間の身体に微細に行きわたっているように、日本列島のいたるところにさまざまな道があった。

そういう道がしだいしだいに、藩幕政治だとか、あるいは明治政府の成立だとか、あるいは高速道路の形成だとか、そういうことで、寸断されてなくなって行きます。国戦争中に要塞《ようさい》法というのがありました。さまざまな所に立入禁止の要塞が出来る。国有林が出来る、御料林が出来る。そうして立入禁止の場所が増えたために、移動する道はどんどんどんどんなくなっていった。今はそういう道はほとんどありません。日本には大きな道しかなくなってしまった。しかし目に見えない細胞とかヴィールスが人間の体内に動いているように、かつてはそういう道があって、人々はこの日本という国内を、古代から現代まで、絶えず流動しながら生き続けてきた。

これは、日本だけではありません。ヨーロッパもそうです。そういうことを考えながら、私はじつは移動する民と定住する民とこの二つの民の有機的結びつきのなかに人間の幸福があるのじゃないか、健全な社会のあり方があるのじゃないか、と考え続けていたのです。

いずれにしましても、人間の文化とか歴史とかいうものの中で、移動する者と定住する者とを、機械的に分けてしまうわけには、どうしてもいかないということです。いつ人間が、定住のなかから移動をはじめるかもしれない。ヒステリア・シベリアカの患者が思うように、人間は常に移動するものに憧《あこが》れと内的衝動を持っている。ロシア文学の魂は、移動によって触発された文学的成果であったといえるかもしれない。

戦前、いろいろなものをお書きになった木村毅《き》さんという方がいます。その人が、イギリスの回想で、こんな事を書いていました。その回想と言いますのは、ロンドンの地下鉄や電車に、あるいはバスに一人のジプシーが乗り込んでくる。そうすると誰かが小声で「あっ、ジプシー」とつぶやく。一斉《いっせい》に車内の英国紳士や淑女たちが、そちらを振り返る。振り返らない人間も、一瞬目のなかに揺れ動くものがある。ある種の嫌悪《けんお》感と同時に、限りない憧憬の表情を浮かべるというのです。あの謹厳な英国紳士たちがジプシーという言葉を聞いたときに、心のなかにぱっと揺れ動くものがある。それはかれらの移動と放浪、自由気ままに社会の規範とかイギリスのマナーとかコモンセンスとかに関係なく、奔放に移動、放浪して歩く人間への全ての人間が持つ憧れが、イギリス人の目のなかに、一瞬揺れ動くからであるだろうということを、木村さんはお書きになっていました。

それは、非常によく分かるような気がします。日本でも、椋鳩十《むくはとじゅう》さんが昭和八年に『鷲《わし》の唄《うた》』を発表されました。当時は山窩《さんか》と蔑称《べっしょう》されていた、誤ったよびかたをされていた移動グループの人たちを描いた作品をつづけて発表してセンセーションを起こした事があります。川端康成さんなどが激賞しました。椋さんは、一躍新進作家として世の中に迎え入れられて、そういうタイプの作品をつづけて何作か書いた。ところがすぐに発禁になりました。戦後まで彼は文壇から離れて雌伏していました。戦後になって、ようやく復権します。

なぜ、発禁になったか。日本の政策というものは、戦前から戦中にかけて、移動、放浪を禁じる、定住政策だったからです。移動、放浪をする人々を讃美《さんび》する、定住しない人々を讃美する、謳《うた》いあげる作品は好ましくないという発想が、当時の検閲官僚の間では働いていた。なぜならば、移動、放浪する人たちというのは、国民の三大義務を放棄してるからです。まず、第一に戸籍に入らない。徴兵に応じない。戸籍がないから、徴兵もないのです。第二に、義務教育を受けない。義務教育を受けませんから、戦前戦中の報国教育にふさわしくない人たちなのです。第三に、納税があります。税金を払わない。徴兵を受けない。義務教育を受けない。この三つのために、日本の政府は、移動、放浪する人々に厳しく制限を加えていった。

その総集編に、国家再編成をすすめる基本として、昭和二十七年に出来た、住民登録令というのがありました。住民登録令反対運動などというのを、私どもは学生の頃にやったものでした。その結果、日本人というものは、米穀通帳とか住民票とかを持ちます。それを持っていない人たちというのは、非常に存在しにくい状態になりました。しかし何が何だか分からないという存在を認めないという社会があるのだぞと言うのは、本当はやばいところがある。

さきほどお話ししましたように最近私は、続けて二度ロシア、ソビエトに行きまして、その時に「ジプシーは今どうなってる?」と聞いたら、「彼らはクリミヤとかトルコに近い所なんかにいっぱいいいてね。連中、勝手に国境を行ったり来たりしてますよ」といってました。「じゃあ、パスポートはどうしてるの?」と聞きましたら、「あの連中、パスポートなんて、持ってませんよ」と、ロシアのモスクワ放送の人がいうものですから、びっくりしました。いまのソビエト、ソ連というのは、国内を旅行するときでも、許可証とか書類とか、いろいろ必要です。移動、放浪がいちばん出来にくい国です。ペレストロイカを必要とするのは、そのためです。今のソ連は、動脈硬化を起こして、枯死する寸前だなと感じました。私は、もともとロシアの民衆びいきなんですけれども、今のままではソビエトはもうだめですね。崩壊寸前です。なぜか。移動、放浪に対して制限が厳しすぎるからです。

かつてはコルホーズに生まれた人間は、なかなかコルホーズを出る事が出来ない。何年かの徴兵を終えた後職業を選択するか、一流の大学に行って就職するかでした。生まれた時から縛りつけられて生きてきた。ヒステリア・シベリアカを禁じていたのが革命後のソ連です。ですから、ソ連のお客さんが日本に来てびっくりするのは、切符を買って「お金だけ払えばいい、書類はいらない」ということです。かれらは国内旅行をする時にも書類とか手続きが必要です。それほど、国民に厳格な厳しい制限を課しているそういう国でありながら、ジプシーが勝手に国境を越えてトルコを行ったり来たりしている。穴があいている。私はそれが非常に面白く、やっぱり社会というのは、どこかに抜け道があって風が通るように風穴をあけておかないと絶対うまくいかないのだなと考えました。

こんどのペレストロイカの結果、ソビエトは自由になってくるかもしれませんが、いちばん大事なことは、グラスノスチ、つまり情報公開などということではなくて自由に人間が流動出来るようにすることです。人間が自由に流動できる。国境を越えられる。そういうことをすれば自然とペレストロイカというものは、実現すると思います。

いま、私たちはこのように東京から仙台に来るのに、書類を出して届けを出して許可を受けることなく、勝手に旅行できます。すばらしいことです。もっともっと、私たちが移動、放浪、漂泊が自由に出来るように、しかもこれから先もこういうことの出来る社会を維持していけるように、なんとかつとめていきたいと思います。それが、日本なり世界なりを、生き生きとした魅力的な世界にしていくことだと考えております。

今日は、本当にまとまりのない雑談でしたけれども、こういう席におまねきいただきまして、日頃《ひごろ》考えております事をお話しする事が出来ました。うれしく思います。

どうもありがとうございました。

あとがき

私もまた夢野久作の一族である、と、こう書けば、ほう、と怪訝《けげん》な顔をされる読者もおられるにちがいない。また中には、いや、実はわしもその一人たい、と九州弁で莞爾《かんじ》としてうなずかれる向きもおありだろうと思う。知られるとおり、夢野久作とは、かのあやかしの作家が自ら選んだ筆名であるが、もともとは福岡地方で古くから用いられてきた巷《ちまた》の表現である。ある種、日常性から逸脱した人物、たとえば白昼の幻に心をうばわれて妄想《もうそう》にふけるうつけ者を、いささかの愛着をこめてそう呼びならわしてきたのだ。

「飛形《とびかた》の本家の長男坊は、まるで夢の久作んごたる男ばい。ほんなこて、どうしようもなか」

などと親戚《しんせき》の女たちが苦笑しながら噂《うわさ》するのを、少年時代にはよく耳にしたものだった。しかし、〈三年寝太郎〉や〈吉《き》っちょむさん〉などの負のヒーローたちと同じように、そこにはいわばイメージの極道ともいうべき異人たちへの、ひそかな共感の気配も色濃くただよっている。「どうしようもなか」と嘲《あざけ》りながらも、人々は石橋を叩《たた》いても渡らない現実家には示さない親しみにみちた微笑を、彼らには向けるのである。

私は幼いころから、自分の中に夢野久作の末弟、または又従兄弟《またいとこ》が棲《す》んでいる事をかすかに意識しつづけてきた。いや、正しくは、なんとか彼らの末流につらなりたいとあこがれる読物作者の一人であった、と言うべきかもしれない。私もまたささやかながらイメージの極道、幻想の遊び人であることを、ひそかに願っていたからである。

そういうわけであるから、この『日本幻論』なる妄談《もうだん》集におさめた九篇の講演は、それが比較的スクウェアな聴衆を前にしたものが多いとはいえ、いや、それ故《ゆえ》にこそいずれも八方破れの放談の相を呈している。これは講演などというより、むしろ大道芸人の〈口演〉であり、香具師《てきや》のタンカにちかい。

私はすべての講演的なお喋《しゃべ》りに際しては、常に即興《アドリブ》でおこなうことにしており、一片のレジュメも用意しないできた。そのときの気分に応じて、口まかせ出まかせのノリである。当然のことながらその話の内容には矛盾、撞着《どうちゃく》、記憶ちがいや、重複が目立つ。年代や人名、引用などもいいかげんである。しかし、これらの口演を集めて一冊に編むとき、私は編集部の好意的な忠告をあえて聞きながし、細部のいい加減さや、表現の粗雑さを丹念に訂正することをしなかった。文章のおかしな部分を指摘し、筆者の無智《むち》を罵倒《ばとう》するのも、この憂《う》きこと多き人生の読者の娯《たの》しみのひとつであると常日ごろ思っているからである。

それに私の仕事は魚を料理することではない。盛りつけに手腕をみせることでも、まして魚拓をとることでも、缶詰《かんづめ》をつくることでもない。魚をみつけて大声で人を呼び、ピチピチはねる魚の幾匹かを素手で追いまわすことにつきる。それが夢野久作の末裔《すえ》である私の夢想したことだった。すべて一発勝負のライブともいうべき講演やインタビューを集めたこの一冊に、あえて〈幻論〉の名を借りることとしたのも、そのような気持ちからである。

私はこれらの口演をあえて〈騙《かた》り部《べ》〉のヨタ話と自称するが、しかし、その行間の端に埋めた一片の赤心がないわけではない。夢野久作の歌にこういう一行があったことを、ふと思いだすことがある。

人を殺せし人のまごころ

人を騙《だま》せし人のまごころ、というのが、いまの私の胸中のひそかな捨てぜりふである。

この『日本幻論』を刊行するにあたっては、新潮社出版部にはさまざまなご迷惑をおかけした。さらに担当者各氏と速記・校閲のスタッフ、また何にもまして各地の聴衆のみなさんに心からお礼を申上げなければならない。ありがとうございました。

一九九三年　　五木寛之

解説

中沢新一

歴史と小説の関係について考えていると、私はなぜかいつも、魚たちが海中でおこなう産卵のシーンを思い浮かべてしまう。

雌の魚たちは、じつにおびただしい数の卵を、海中に産み落とし、その卵からは、海の水を白く染めるほどたくさんの稚魚が、躍りだしてくる。この稚魚たちは、いきおいよく海に泳ぎだしていくのだけれど、そのうちで立派な大人の魚になって生き残ることのできるのは、ごくわずかなものだけで、あとのほとんどは幼いうちに、ほかの魚に食べられたり、死んでしまったりする。

それと同じように、人間の歴史でも、そのつどそのつどの出来事とともに、おびただしい数の可能性の稚魚たちが、生まれ出ているのだ。しかし、その可能性の稚魚たちのうちで、ちゃんと成長できるものは、ごくわずかで、あとのものは、すでに出来上がっている現実の世界の「新しいものの登場」を拒もうとする力によって、若芽のうちに滅ぼされてしまう。だから、この世は、現実化された世界のうちに、勝ち残り、生き残るることができた少数で力のある者と、可能性のままについえてしまったけれど、この世界の中のどこにも滞留の場をみつけることのできないまま、夢をかかえて彷徨《さまよ》いつづけている、たくさんの幽霊たちとで、できていることになる。

歴史家は、このうち現実の世界に、自分を確固たる「事実」としてつくり残すことのできたものだけに、関心を注ぐ。ところが、小説家や思想家が関心を持つのは、稚魚の夢をかかえたままに、この世に彷徨いつづけている幽霊のほうなのだ。あのとき、歴史の舞台には、たくさんの可能性の稚魚たちが生まれ出ていたのである。あのとき、あの歴史の稚魚が押しつぶされ、滅ぼされてしまうことがなかったとしたら、私たちが今生きているこの世界は、もっと違うものになっていたのではないだろうか。歴史は、現実化されたものだけでつくられるのではない。歴史は無数の幽霊をつくりだし、その幽霊たちは、彼らの声に耳を傾けてくれる生者の出現を、待っている。小説家や思想家とは、そういう幽霊の声に耳を傾けようという、やさしさをもった人間のことなのである。

五木寛之はこの本の中で、くりかえし、そういう「やさしさ」のことを語ろうとしている。彼は、自分が小説家であることの原点を、この本の中で、語り出そうとしているのである。囚人のことを罪人とか悪人と呼ぶことをしないで、心あるロシア人は、「不幸な人達」と呼んでいる。五木寛之という人は、その話を聞いて、ただちにその表現の底にあるものを察知し、ああ、なんという思慮深いやさしさであろうか、と感動できる人なのだ。私たちの生きている現実の世界も、そこで私たちが体験している幸福も、じつはたくさんの別の可能性や別の夢を否定したり、押しつぶしたりしたうえで、出来上がっているものなのである。現実は、自分が現実として生き残るために、みずから悪をおこなっているのだ。だったら、この社会で罪とされることを犯した人々を、たんに悪人と呼ぶのは、間違っている。生者の世界の中で幽霊のようにして生きることを余儀なくされた彼らは、むしろ「不幸な人達」と呼ぶべきなのだ。ロシア人は、長い過酷な政治体験をとおして、そういう歴史の本性を知り抜いてきた。しかし、五木寛之という日本人は、その言葉を耳にした瞬間に、そこにやさしい英知ときびしい歴史認識の存在していることを、察知できてしまう。なんという鋭敏さだろうか、と思う。彼は、その本質において、小説家なのである。

だがそれならば、五木寛之がこの日本で、驚異的なほどに頑丈《がんじょう》な流行作家でありつづけていられるのは何故か、という疑問がわいてくる。それほどまでに鋭敏に、稚魚の夢のままに押しつぶされていってしまうもののことを理解できる人間が、どうして、この過酷な流行の世界の覇者《はしゃ》でいつづけることができるのか。『日本幻論』は、その疑問に彼自身があたえた回答である、と私は思う。彼はこの本で、彼の考える真実の「やさしさ」というものに、ひとつの思想的な表現をあたえようとした。そして、その表現はとても深いレヴェルにまで到達している。

ここ数年、五木寛之の関心が、じわっじわっと、蓮如《れんにょ》という思想家のほうに、にじり寄っていった光景は、じつに印象的なものだった。彼はことあるごとに、蓮如のことを語ったし、それで本も書いたし、戯曲にも手を染めた。そうした仕事のどれもが、彼らしく世間的な成功をおさめた。しかし、蓮如をめぐるこれらの一連の仕事が、五木寛之の小説家としての思想をかけた、彼にとっても特別な意味を持つものであったことは、あまり気づかれることがなかった。この『日本幻論』という本が重要なのは、そのことに関係している。この本には、蓮如に向かって、彼がじわっじわっとにじり寄っていく、その思想のプロセスが、じつになまなましい形で語りだされている。それを読むと、蓮如への遡行《そこう》が、彼の実存そのものをあらわしているということが、私たちにもはっきりとわかるのだ。

五木寛之は、歴史として現実化したものの背後に、歴史の稚魚のままについえてしまった、じつにおびただしい夢と可能性が、幽霊となって彷徨いつづけている光景を、ありありと見ることのできる能力を持っている。それと同時に、ここが重要なところだが、彼には、ヴァーチャルな可能性であったものが、現実の力となって、他の可能性を圧倒するにいたる過程でおこることのすべてが、やはりありありと見えているのである。ロマン主義的な歴史家や思想家たちは、そこで、現実となることをはばまれて、可能性の幽霊のままにとどまってしまったものの美しさや豊かさを、すすんで語ろうとすることだろう。ところが、五木寛之という小説家は、可能性の幽霊たちのかかえる夢とルサンチマンを、ほかの誰よりも深く理解していながら、最後の瞬間には、舞踏家のようなロマン主義の思考から我にかえって、ふたたび歴史の歩道を、散文の歩調にステップをとりもどして、歩きはじめることのできる人なのだ。

たとえば、幕末から明治のはじめに、隠岐島《おきのしま》に、ごく短い期間ではあったが、島民だけによるコミューンが成立した。それまでの支配者であった松江藩の勢力を追放して、インテリから農民や漁民までを一心同体に巻き込んだ、島ぐるみの「共和国」が誕生したのである。この「共和国」は、今まさに現実の政治勢力として、潜在性の空間を抜け出して立ちあがろうとしている「明治の革命」に、みずからの夢を託した。ところが、隠岐コミューンを、歴史の稚魚のままに押しつぶし、ついえさせたのは、ほかならぬ明治の新権力だったのである。

ロマン主義的な歴史家は、その当時の日本にはいたるところに、隠岐コミューンと同じようなものが成立する「可能性」が隠されていたのだから、もしもそれらが現実化して、おたがいのあいだに、ネットワークを形成することができたならば、日本の近代史はまったくちがった道をたどっただろう、と夢想する。これにたいして、五木寛之は、まるで自分の兄弟や同輩の事を思いやっているようにして、隠岐コミューンをつくりだそうと努力した人々の、思考や心理のひだにまで入り込んでいくほどに、深く理解し、共感をいだきながら、そういうロマンティックな見解には、けっして同意しないのだ。

この世界には、可能性を現実のものにつくりかえようとする力よりも、それを稚魚のままに、ふたたび見えない空間の中におくりかえしてしまおうとする、無数の策略や暴力が配置されている。その複雑さや非情さを理解することなしに、夢の豊かさや可能性の美しさだけを語ったりすることを、彼はやんわりと拒絶する。歴史の影や幽霊となってしまったもののルサンチマンを、彼は正しく鎮魂してやりたい、と考えているのである。そのためには、可能性をついえさせた現実性の力のほうを、まず徹底的に認識してやろう、と自分に言い聞かせて、五木寛之は想像力にはやる身体を押しとどめて、散文の冷静な足取りにとりかかろうとする。彼は死者に対して、生者として責任感のある態度をしめそうとしている。これはまったく仏教徒ならではの、やさしさではないか。

そういう彼がじわっじわっと、蓮如のほうに接近していったのは、まことに理由のあることなのだ。歴史にもしも、文筆家で戦略家のパウロがいなかったならば、青年イエスの思想などは、パレスチナの純粋だがひ弱な稚魚として、歴史の大海に消えていってしまったことだろう。だが、パウロは、その思想が現実の世界の力となるための、方法や策略を身につけた大人だった。それと同じように、親鸞《しんらん》の絶壁のような思想に対して、俗世の知恵をも体得した蓮如のような人物があらわれなかったとしたら、それは日本人を動かす大宗教となることはなく、小さなサークルでだけ尊ばれる、ラジカルで純粋な思想ということにとどまってしまったかも知れないのである。蓮如の、俗にまみれることをも辞さない精神が、あらゆる危険や策略を押しのけ、はねのけて、親鸞の思想に、現実の世界で生きることのできる空間を、力ずくでつくりだしてみせた。

そういう蓮如に向かうにじり寄りは、だから五木寛之の実存そのものなのである。そしてそこに、流行作家でありつづけることのできる彼の秘密も、隠されている。この本を読むと、五木寛之という作家は、世間で考えられている以上の複雑さや深さをかかえこんだ、そうとうな思想の戦略家なのだという実感を持つ。

（平成七年十一月、人類学者）

■本書の内容は、講演またはインタビューの形で初演されたものですが、活字として発表された初出は以下の通りです。記して、各編集部にお礼を申し上げます。■「隠岐共和国の幻」**新潮45**昭和六十二年五月号／「かくれ念仏の系譜」**日刊ゲンダイ**平成四年五月七日〜六月二十三日／「日本重層文化を空想する」**日刊ゲンダイ**昭和五十九年二月二日〜二月十五日／「柳田国男と南方熊楠」**日刊ゲンダイ**昭和五十九年二月十六日〜三月一日／「乱世の組織者・蓮如」**日刊ゲンダイ**昭和五十六年八月四日〜八月十五日／「人間としての蓮如像」**北国新聞**昭和六十二年十二月二十一日／「蓮如のなかの親鸞」**親鸞と蓮如**平成四年九月、朝日新聞社／「わが父、わが大和巡礼」**日刊ゲンダイ**昭和六十年三月二十六日〜四月二十七日／「漂泊者の思想」**宮城学院女子大学基督教文化研究所年報**一九八八年度号

本書は、新潮社より一九九三年三月単行本として、一九九六年一月文庫として刊行された『日本幻論』を改題したものです。

ちくま文庫

日本幻論《にほんげんろん》　漂泊者《ひょうはくしゃ》のこころ
――蓮如《れんにょ》・熊楠《くまぐす》・隠岐《おき》共和国《きょうわこく》

二〇一四年十一月十日　第一刷発行

著　者　五木寛之（いつき・ひろゆき）
発行者　熊沢敏之
発行所　株式会社　筑摩書房
東京都台東区蔵前二―五―三　〒一一一―八七五五
振替〇〇一六〇―八―四一二三
装幀者　安野光雅
印刷所　三松堂印刷株式会社
製本所　三松堂印刷株式会社

乱丁・落丁本の場合は、左記宛にご送付下さい。
送料小社負担でお取り替えいたします。
ご注文・お問い合わせも左記へお願いします。
筑摩書房サービスセンター
埼玉県さいたま市北区櫛引町二―六〇四　〒三三一―八五〇七
電話番号　〇四八―六五一―〇〇五三

ISBN978-4-480-43227-8　C0139